Peter Handke

Die Angst des Tormanns beim Elfmeter

Erzählung

Süddeutsche Zeitung | Bibliothek

Bibliografische Information Der Deutschen Bibliothek
Die Deutsche Bibliothek verzeichnet diese Publikation in der Deutschen Nationalbibliografie;
detaillierte bibliografische Daten sind im Internet über http.//dnb.ddb.de abrufbar.

Lizenzausgabe der Süddeutsche Zeitung GmbH, München
für die Süddeutsche Zeitung | Bibliothek 2004

Titelfoto: TuS Niederwermelskirchen
Autorenfoto: Isolde Ohlbaum
Klappentexte: Ralf Hertel
Umschlaggestaltung und Layout: Eberhard Wolf
Satz: vmi, J. Echter
Druck und Bindearbeiten: Ebner & Spiegel, Ulm
Printed in Germany
ISBN 3-937793-14-3

große Romane des 20. Jahrhunderts | **Paul Auster** – Stadt aus Glas • **Jurek Becker** – Bronsteins Kinder • **Thomas Bernhard** – Der Untergeher • **Italo Calvino** – Wenn ein Reisender in einer Winternacht • **Elias Canetti** – Die Stimmen von Marrakesch • **Bruce Chatwin** – Traumpfade • **Joseph Conrad** – Herz der Finsternis • **Julio Cortázar** – Der Verfolger • **Marguerite Duras** – Der Liebhaber • **Friedrich Dürrenmatt** – Der Richter und sein Henker • **Umberto Eco** – Der Name der Rose • **William Faulkner** – Die Freistatt • **F. Scott Fitzgerald** – Der große Gatsby • **Edward M. Forster** – Wiedersehen in Howards End • **Max Frisch** – Mein Name sei Gantenbein • **Günter Grass** – Katz und Maus • **Julien Green** – Leviathan • **Graham Greene** – Der dritte Mann • **Peter Handke** – Die Angst des Tormanns beim Elfmeter • **Hermann Hesse** – Unterm Rad • **Patricia Highsmith** – Der talentierte Mr. Ripley • **Peter Høeg** – Fräulein Smillas Gespür für Schnee • **John Irving** – Das Hotel New Hampshire • **Uwe Johnson** – Mutmaßungen über Jakob • **James Joyce** – Ein Porträt des Künstlers als junger Mann • **Franz Kafka** – Amerika • **Eduard von Keyserling** – Wellen • **Wolfgang Koeppen** – Das Treibhaus • **Milan Kundera** – Die unerträgliche Leichtigkeit des Seins • **Siegfried Lenz** – Deutschstunde • **Primo Levi** – Das periodische System • **W. Somerset Maugham** – Der Magier • **Carson McCullers** – Das Herz ist ein einsamer Jäger • **Ian McEwan** – Der Zementgarten • **Harry Mulisch** – Das Attentat • **Cees Nooteboom** – Allerseelen • **Michael Ondaatje** – Der englische Patient • **Juan Carlos Onetti** – Das kurze Leben • **Marcel Proust** – Eine Liebe Swanns • **Rainer Maria Rilke** – Die Aufzeichnungen des Malte Laurids Brigge • **Arthur Schnitzler** – Traumnovelle • **Jorge Semprún** – Was für ein schöner Sonntag! • **Georges Simenon** – Der Mann, der den Zügen nachsah • **Claude Simon** – Die Akazie • **John Steinbeck** – Tortilla Flat • **Botho Strauß** – Paare, Passanten • **Andrzej Szczypiorski** – Die schöne Frau Seidenman • **Martin Walser** – Ehen in Philippsburg • **Oscar Wilde** – Das Bildnis des Dorian Gray • **Marguerite Yourcenar** – Der Fangschuß | **Ausgewählt von der Feuilletonredaktion der Süddeutschen Zeitung | 2004 – 2005**

*›Der Tormann sah zu,
wie der Ball über die Linie rollte …‹*

Dem Monteur Josef Bloch, der früher ein bekannter Tormann gewesen war, wurde, als er sich am Vormittag zur Arbeit meldete, mitgeteilt, daß er entlassen sei. Jedenfalls legte Bloch die Tatsache, daß bei seinem Erscheinen in der Tür der Bauhütte, wo sich die Arbeiter gerade aufhielten, nur der Polier von der Jause aufschaute, als eine solche Mitteilung aus und verließ das Baugelände. Auf der Straße hob er den Arm, aber das Auto, das an ihm vorbeifuhr, war – wenn Bloch den Arm auch gar nicht um ein Taxi gehoben hatte – kein Taxi gewesen. Schließlich hörte er vor sich ein Bremsgeräusch; Bloch drehte sich um: hinter ihm stand ein Taxi, der Taxifahrer schimpfte; Bloch drehte sich wieder um, stieg ein und ließ sich zum Naschmarkt fahren.

Es war ein schöner Oktobertag. Bloch aß an einem Stand eine heiße Wurst und ging dann zwischen den Ständen durch zu einem Kino. Alles, was er sah, störte ihn; er versuchte, möglichst wenig wahrzunehmen. Im Kino drinnen atmete er auf.

Im nachhinein wunderte er sich, daß die Kassiererin die Geste, mit der er das Geld, ohne etwas zu sagen, auf den drehbaren Teller gelegt hatte, mit einer anderen Geste wie selbstverständlich beantwortet hatte. Neben der Leinwand bemerkte er eine elektrische Uhr mit beleuchtetem Zifferblatt. Mitten im Film hörte er eine Glocke läuten; er war lange unschlüssig, ob sie in dem Film läutete oder draußen in dem Kirchturm neben dem Naschmarkt.

Wieder auf der Straße, kaufte er sich Weintrauben, die zu dieser Jahreszeit besonders billig waren. Er ging weiter, aß dabei die Trauben und spuckte die Hülsen weg. Das erste Hotel, in dem er um ein Zimmer fragte, wies ihn ab, weil er nur eine Aktentasche bei sich hatte; der Portier des zweiten Hotels, das in einer Nebengasse lag, führte ihn selber hinauf in das Zimmer. Während der Portier noch am Hinausgehen war, legte sich Bloch auf das Bett und schlief bald ein.

Am Abend verließ er das Hotel und betrank sich. Später wurde er wieder nüchtern und versuchte, Freunde anzurufen; da diese Freunde oft nicht im Stadtgebiet wohnten und der Fernsprecher die Münzen nicht herausgab, ging Bloch bald das Kleingeld aus. Ein Polizist, den er grüßte, in der Meinung, ihn zum Stehenbleiben bewegen zu können, grüßte nicht zurück. Bloch fragte sich, ob der Polizist die Worte, die er ihm über die Straße zugerufen hatte, vielleicht nicht richtig ausgelegt hatte, und dachte an die Selbstverständlichkeit, mit der dagegen die Kinokassiererin den Teller mit der Eintrittskarte ihm zugedreht hatte. Er war über die Schnelligkeit der Bewegung so erstaunt gewesen, daß er fast versäumt hatte, die Karte aus dem Teller zu nehmen. Er beschloß, die Kassiererin aufzusuchen.

Als er zu dem Kino kam, wurden die Schaukästen gerade dunkel. Bloch erblickte einen Mann, der, auf einer Leiter stehend, die Lettern für den Film mit den Lettern für den morgigen Film vertauschte. Er wartete ab, bis er den Titel des anderen Filmes lesen konnte; dann ging er ins Hotel zurück.

Der nächste Tag war ein Samstag. Bloch entschloß sich, einen weiteren Tag in dem Hotel zu bleiben. Außer einem amerikanischen Ehepaar war er allein im Frühstücksraum; eine Zeitlang hörte er dem Gespräch zu, das er, weil er früher einige Male mit seiner Mannschaft zu einem Turnier in New York gewesen war, leidlich verstehen konnte; dann ging er schnell hinaus, um ein paar Zeitungen zu kaufen. Die Zeitungen, weil es sich um Wochenendausgaben handelte, waren an diesem Tag besonders schwer; er faltete sie nicht, sondern trug sie unter dem Arm zum Hotel zurück. Er setzte sich wieder an den Frühstückstisch, den man schon abgeräumt hatte, und entfernte die Anzeigenbeilagen; das bedrückte ihn. Draußen sah er zwei Leute mit dicken Zeitungen gehen. Er hielt den Atem an, bis sie vorbei waren. Jetzt erst bemerkte er, daß es sich um die beiden Amerikaner gehandelt hatte; im Freien hatte er sie, die er vorher nur im Frühstückszimmer, an einem Tisch, gesehen hatte, nicht wiedererkannt.

In einem Kaffeehaus trank er dann lange an dem Leitungswasser, das man in einem Glas zu dem Kaffee servierte. Ab und zu stand er auf und holte sich eine Illustrierte von den Stapeln, die auf den eigens dazu bestimmten Stühlen und Tischen lagen; die Serviererin, als sie einmal die neben ihm gehäuften Illustrierten abholte, gebrauchte im Weggehen das Wort ›Zeitungstisch‹. Bloch, der einerseits das Durchblättern der Zeitschriften schwer ertrug, andrerseits kein Heft, bevor er es ganz durchgeblättert hatte, zur Seite legen konnte, versuchte, zwischendurch ein wenig auf die Straße zu schauen; der Gegensatz zwischen dem Illustriertenblatt und den wechselnden Bildern draußen erleichterte ihn. Beim Hinausgehen legte er selber die Illustrierte auf den Tisch zurück.

Die Stände auf dem Naschmarkt waren schon geschlossen. Bloch schob eine Zeitlang weggeworfenes Gemüse und Obst, das ihm vor die Füße kam, beiläufig vor sich hin. Irgendwo zwischen den Ständen verrichtete er die Notdurft. Dabei sah er, daß überall die Wände der Holzbaracken schwarz von Urin waren.

Die Weintraubenhülsen, die er am Tag zuvor ausgespuckt hatte, lagen immer noch auf dem Gehsteig. Als Bloch den Geldschein auf den Kassierteller legte, verfing der Schein sich beim Drehen; Bloch hatte Anlaß, etwas zu sagen. Die Kassiererin antwortete. Er sagte wieder etwas. Weil das ungewöhnlich war, schaute die Kassiererin ihn an. Daraus ergab sich für ihn ein Anlaß weiterzureden. Wieder im Kino, erinnerte sich Bloch an das Romanheft und den Elektrokocher neben der Kassiererin; er lehnte sich zurück und fing an, auf der Leinwand Einzelheiten zu unterscheiden.

Am späten Nachmittag fuhr er mit der Straßenbahn hinaus ins Stadion. Er nahm einen Stehplatz, setzte sich dann aber auf die Zeitungen, die er noch immer nicht weggeworfen hatte; daß ihm die Zuschauer vorne die Sicht verstellten, störte ihn nicht. Im Lauf des Spiels setzten sich die meisten. Bloch wurde nicht erkannt. Er ließ die Zeitungen liegen, stellte eine Bierflasche darauf und ging vor dem Schlußpfiff, um nicht ins Gedränge zu geraten, aus dem Stadion. Die große Anzahl der wartenden, fast leeren Busse und Straßenbahnen vor dem Stadion – es handelte sich um ein Schlagerspiel – befremdete ihn. Er setzte sich in eine Straßenbahn. Er saß so lange fast allein darin, bis er zu warten anfing. Ob der Schiedsrichter nachspielen ließ? Als Bloch aufschaute, sah er, daß die Sonne unterging. Ohne daß er damit etwas ausdrücken wollte, senkte er den Kopf.

Draußen wurde es plötzlich windig. Fast zugleich mit dem Schlußpfiff, der aus drei langgezogenen Einzelpfiffen bestand, stiegen Fahrer und Schaffner in die Busse und Straßenbahnen, und die Leute kamen aus dem Stadion gelaufen. Bloch bildete sich ein, die Geräusche zu hören, mit denen die Bierflaschen aufs Spielfeld fielen; zugleich hörte er Staub gegen die Scheiben schlagen. Hatte er sich im Kino zurückgelehnt, so lehnte er sich jetzt, als die Zuschauer in den Straßenbahnwagen eindrangen, vor. Zum Glück hatte er ein Programmheft zu dem Film bei sich. Es kam ihm vor, als hätte man im Stadion gerade die Flutlichtanlage eingeschaltet. Ein unsinniger Gedanke, sagte Bloch. Er war ein schlechter Flutlichttormann gewesen.

In der Innenstadt versuchte er einige Zeit, eine Telefonzelle zu finden; als er eine leere Zelle fand, lag dort der

Hörer abgerissen auf dem Boden. Er ging weiter, schließlich konnte er vom Westbahnhof aus anrufen. Weil Samstag war, erreichte er kaum jemanden. Als sich endlich eine Frau, die er von früher kannte, meldete, mußte er einige Zeit reden, bis sie wußte, wer er war. Sie verabredeten sich in einer Gaststätte in der Nähe des Westbahnhofs, wo sich, wie Bloch wußte, eine Musicbox befand. Er vertrieb sich die Zeit, bis die Frau kam, indem er Münzen in den Automaten warf und andere Leute für sich drücken ließ; unterdessen schaute er die Fotos und Unterschriften der Fußballspieler an den Wänden an; das Lokal hatte vor einigen Jahren ein Stürmer der Nationalelf gepachtet, der dann als Trainer einer der wilden amerikanischen Ligamannschaften nach Übersee gegangen und jetzt, nach der Auflösung der Liga, dort verschollen war. Bloch kam mit einem Mädchen ins Gespräch, das von dem Tisch neben dem Automaten aus blind hinter sich griff und immer dieselbe Platte wählte. Sie verließ mit ihm das Lokal. Er versuchte, mit ihr in den nächstbesten Hauseingang zu gehen, aber die Haustore waren überall schon abgesperrt. Als ein Tor sich öffnen ließ, erwies sich, daß, dem Gesang nach zu urteilen, hinter einer zweiten Tür gerade ein Gottesdienst stattfand. Sie traten in einen Lift, der sich zwischen der ersten und der zweiten Tür befand; Bloch drückte auf den Knopf für das oberste Stockwerk. Noch bevor der Lift anfuhr, wollte das Mädchen wieder aussteigen. Bloch drückte nun auf den Knopf für das erste Stockwerk; sie stiegen dort aus und blieben im Stiegenhaus stehen; jetzt wurde das Mädchen zärtlich. Sie liefen miteinander die Stiege hinauf. Im Dachgeschoß stand der Lift; sie stiegen ein, fuhren hinunter und gingen zurück auf die Straße.

Bloch ging eine Zeitlang neben dem Mädchen her, dann kehrte er um und suchte wieder die Gaststätte auf. Die Frau, noch im Mantel, wartete schon. Bloch erklärte der Freundin des Mädchens, die noch am Tisch neben dem

Automaten wartete, daß das Mädchen nicht zurückkommen werde, und verließ mit der Frau die Gaststätte.

Bloch sagte: »Ich komme mir lächerlich vor, so ohne Mantel, wenn du einen Mantel trägst.« Die Frau hängte sich in ihn ein. Um den Arm wieder freizubekommen, tat Bloch, als wollte er ihr etwas zeigen. Dann wußte er nicht, was er ihr zeigen sollte. Unvermittelt hatte er den Wunsch, eine Abendzeitung zu kaufen. Sie gingen durch verschiedene Straßen, ohne einen Zeitungsverkäufer zu sehen. Schließlich fuhren sie mit dem Bus zum Südbahnhof, aber der Bahnhof war schon geschlossen. Bloch tat, als sei er erschrocken; aber auch in Wirklichkeit war er erschrocken. Zu der Frau, die ihm schon im Bus, indem sie die Handtasche aufmachte und darin mit verschiedenen Gegenständen spielte, angedeutet hatte, daß sie unwohl sei, sagte er: »Ich habe vergessen, einen Zettel zu hinterlegen«, ohne zu wissen, was er mit den Worten ›Zettel‹ und ›hinterlegen‹ eigentlich meinte. Jedenfalls stieg er allein in ein Taxi und fuhr zum Naschmarkt.

Da das Kino am Samstag Nachtvorstellung hatte, kam Bloch sogar noch zu früh. Er ging in ein Selbstbedienungsrestaurant in der Nähe und aß im Stehen eine Frikadelle. Er versuchte, der Kellnerin in möglichst kurzer Zeit einen Witz zu erzählen; als die Zeit um war und er den Witz noch immer nicht fertig erzählt hatte, brach er mitten im Satz ab und zahlte. Die Kellnerin lachte.

Auf der Straße traf er einen Bekannten, der ihn um Geld anging. Bloch beschimpfte ihn. Als der Betrunkene Bloch ans Hemd faßte, wurde die Straße dunkel. Der Betrunkene ließ die Hand erschrocken fallen. Bloch, der darauf gefaßt gewesen war, daß die Leuchtreklame des Kinos erlöschen würde, entfernte sich schnell. Vor dem Kino traf er die Kassiererin; sie war dabei, zu einem Mann ins Auto zu steigen.

Bloch schaute zu ihr hin. Sie erwiderte, schon im Auto auf dem Beifahrersitz, seinen Blick, indem sie das Kleid unter sich auf dem Sitz zurechtzog; zumindest faßte Bloch das als Erwiderung auf. Es gab keine Zwischenfälle; sie hatte die Tür zugezogen, und das Auto war abgefahren.

Bloch kehrte zum Hotel zurück. Er fand den Vorraum des Hotels erleuchtet, aber menschenleer; als er den Schlüssel vom Haken nahm, fiel ein zusammengefalteter Zettel aus dem Fach; er faltete ihn auf: es war die Rechnung. Während Bloch noch mit dem Zettel in der Hand im Vorraum stand und den einzelnen Koffer, der neben der Tür stand, betrachtete, kam der Portier aus der Abstellkammer. Bloch fragte ihn sofort nach einer Zeitung und schaute dabei durch die offene Tür in die Abstellkammer, in der der Portier offensichtlich auf einem Stuhl, den er sich aus dem Vorraum geholt hatte, eingeschlafen gewesen war. Der Portier schloß die Tür, so daß Bloch nur noch eine kleine Stehleiter mit einem Suppennapf obenauf sehen konnte, und setzte erst, als er sich hinter den Portiertisch begeben hatte, zu sprechen an. Aber Bloch hatte schon das Schließen der Tür als eine abschlägige Antwort aufgefaßt und ging die Treppe hinauf zu seinem Zimmer. Nur vor einer der Türen in dem recht langen Gang erblickte er ein Paar Schuhe; im Zimmer streifte er sich, ohne die Schnürbänder aufzulösen, die eigenen Schuhe ab und stellte sie gleichfalls vor die Tür. Er legte sich aufs Bett und schlief auf der Stelle ein.

Mitten in der Nacht erwachte er kurz von einem Streit im Zimmer nebenan; vielleicht aber war auch nur sein Gehör von dem plötzlichen Aufwachen so überreizt, daß er die Stimmen nebenan für streitende Stimmen hielt. Er schlug einmal mit der Faust an die Wand. Darauf hörte er die Wasserleitung rauschen. Das Wasser wurde abgedreht; es wurde still, und er schlief wieder ein.

Am nächsten Tag wurde Bloch von dem Zimmertelefon geweckt. Er wurde gefragt, ob er noch eine Nacht bleiben wolle. Während Bloch die Aktentasche auf dem Boden anschaute – es befand sich keine Kofferablage im Zimmer –, sagte er sofort ja und legte auf. Nachdem er die Schuhe, die, wohl weil Sonntag war, nicht geputzt worden waren, vom Flur geholt hatte, verließ er, ohne zu frühstücken, das Hotel.

Im Südbahnhof rasierte er sich in der Toilettenanlage mit einem elektrischen Rasierapparat. Er duschte in einer der Duschkabinen. Beim Anziehen las er in der Zeitung den Sportteil und die Gerichtsberichte. Nach einiger Zeit, noch während er las – in den Kabinen ringsum war es ziemlich ruhig –, fühlte er sich plötzlich wohl. Er lehnte sich, schon fertig angezogen, an die Wand der Kabine und stieß mit dem Schuh gegen die Holzbank. Das Geräusch bewirkte eine Frage der Kabinenfrau draußen und darauf, als er nicht antwortete, ein Klopfen an die Tür. Als Bloch wieder nicht antwortete, schlug die Frau draußen mit einem Handtuch (oder was es sein mochte) auf die Türklinke und entfernte sich. Bloch las im Stehen die Zeitung zu Ende.

Auf dem Bahnhofvorplatz traf er einen Bekannten, der als Schiedsrichter zu einem Unterklassenmatch in einen Vorort fahren wollte. Bloch faßte diese Auskunft als einen Witz auf und spielte mit, indem er meinte, dann könnte er ja gleich als Linienrichter mitfahren. Selbst als der Bekannte darauf seinen Seesack aufschnürte und ihm darin einen Schiedsrichterdreß und ein Netz mit Zitronen zeigte, hielt Bloch, wie früher den ersten Satz des andern, nun auch diese Gegenstände für eine Art von Scherzartikel und erklärte sich, indem er weiter auf den Bekannten einging, bereit, ihm, wenn er schon mitfahre, auch gleich den Seesack zu tragen. Sogar dann, mit dem andern im Vorortzug, den Seesack auf den Knien, schien es ihm, als ob er, zumal das Abteil jetzt um die Mittagszeit fast unbesetzt war, auf das alles immer noch nur zum Spaß eingehe. Was freilich das leere Abteil mit seinem unernsten Benehmen zu tun haben sollte, darüber konnte Bloch sich nicht klarwerden. Daß der Bekannte mit einem Seesack in den Vorort fuhr und daß er, Bloch, mitfuhr, daß sie miteinander in einem Vorstadtwirtshaus zu Mittag aßen und miteinander, wie Bloch sagte, »zu einem leibhaftigen Fußballplatz« gingen, das kam ihm auch dann, als er allein zurück in die Stadt fuhr – das Spiel hatte ihm nicht gefallen – als eine beiderseitige Verstellung vor. Das alles hatte nicht gegolten, dachte Bloch. Auf dem Bahnhofvorplatz traf er zum Glück niemanden.

Von einer Telefonzelle an einem Parkrand rief er seine frühere Frau an; sie sagte, daß alles in Ordnung sei, fragte ihn aber nichts. Bloch war unruhig.

Er setzte sich in ein Gartencafé, das trotz der Jahreszeit noch geöffnet hatte, und bestellte ein Bier. Als nach einiger Zeit noch immer niemand mit dem Bier gekommen war, ging er weg; auch die Stahltischplatte, auf der kein Tischtuch lag, hatte ihn geblendet. Er stellte sich ans Fenster einer Gaststätte; die Leute drinnen saßen vor einem Fernseher. Er schaute eine Zeitlang zu. Jemand drehte sich nach ihm um, und er ging weiter.

Im Prater geriet er in eine Schlägerei. Ein Bursche zog ihm von hinten schnell die Jacke über die Arme, der andre stieß ihm den Kopf unters Kinn. Bloch ging ein wenig in die Knie, versetzte dann dem Burschen vorn einen Tritt. Schließlich drängten ihn die beiden hinter einen Süßwarenstand und schlugen ihn nieder. Er fiel um, und sie gingen weg. In einer Toilette säuberte sich Bloch das Gesicht und den Anzug.

In einem Café im zweiten Bezirk spielte er Billard, bis im Fernsehen die Sportnachrichten kamen. Bloch bat die Kellnerin, den Fernsehapparat einzuschalten, schaute aber dann zu, als ob ihn das alles nichts anginge. Er lud die Kellnerin ein, mit ihm was zu trinken. Als die Kellnerin aus dem Hinterzimmer, wo ein verbotenes Spiel im Gang war, zurückkam, stand Bloch schon an der Tür; sie ging an ihm vorbei, sagte aber nichts; Bloch ging hinaus.

Zurück am Naschmarkt, beim Anblick der unordentlich gestapelten leeren Obst- und Gemüsekisten hinter den Ständen, kam es ihm wieder vor, als ob die Kisten eine Art von Spaß seien, nicht ernst gemeint. Wie Witze ohne Worte! dachte Bloch, der gern Witze ohne Worte anschaute. Dieser Eindruck von Verstellung und Getue – ›dieses Getue mit der Schiedsrichterpfeife im Seesack!‹ dachte Bloch – verschwand erst, als er drinnen im Kino, wo ein Komiker im Vorbeigehen wie zufällig eine Trompete von einem Trödlerladen nahm und darauf ganz selbstverständlich zu blasen probierte, diese Trompete und dann auch alle anderen Sachen unverstellt und unzweideutig wiedererkannte. Bloch wurde ruhig.

Nach dem Film wartete er zwischen den Ständen am Naschmarkt auf die Kassiererin. Einige Zeit, nachdem die letzte Vorstellung angefangen hatte, trat sie aus dem Kino. Um sie nicht zu erschrecken, wenn er zwischen den Buden auf sie zukäme, blieb er auf der Kiste sitzen, bis sie in einem helleren Teil des Naschmarkts war. In einem der verlassenen Stände, hinter dem heruntergezogenen Wellblech, läutete ein Telefon; die Telefonnummer des Standes war groß auf das Wellblech geschrieben. ›Ungültig!‹ dachte Bloch sofort. Er ging hinter der Kassiererin her, ohne sie einzuholen. Als sie in den Bus stieg, kam er gerade dazu und stieg hinter ihr ein. Er setzte sich ihr gegenüber, aber so, daß einige Sitzreihen zwischen ihnen waren. Erst als ihm eine Station später Neuankömmlinge die Sicht verstellten, konnte Bloch wieder zu überlegen anfangen: sie hatte ihn zwar angeschaut, aber offensichtlich nicht wiedererkannt; ob er sich durch die Schlägerei so verändert hatte? Bloch tastete sich über das Gesicht. Mit einem Blick in die Busscheibe zu prüfen, was sie gerade tat, fand er lächerlich. Er zog die Zeitung aus der Innentasche seines Rocks, schaute auf die Buchstaben hinunter, las aber nicht. Dann, plötzlich, fand er sich dabei, wie er las. Ein Augenzeuge berichtete über einen Mord an einem Zuhälter, den man aus kurzer Entfernung ins Auge geschossen hatte. Hinten aus seinem Kopf flog eine Fledermaus heraus und klatschte gegen die Tapete. Mein Herz übersprang einen Schlag. Als, ohne daß ein Absatz gemacht wurde, die Sätze unvermittelt von etwas ganz anderem, von einer andern Person, handelten, schrak er auf. ›Da hätte man doch einen Absatz machen müssen!‹ dachte Bloch, der nach dem kurzen Aufschrecken wütend geworden war. Er ging durch den Mittelgang auf die Kassiererin zu und setzte sich ihr schräg gegenüber, so daß er sie anschauen konnte; aber er schaute sie nicht an.

Als sie ausstiegen, erkannte Bloch, daß sie weit draußen waren, in der Nähe des Flughafens. Jetzt, in der Nacht, war es hier sehr still. Bloch ging neben dem Mädchen her, aber nicht so, als ob er sie begleiten wollte oder gar begleitete. Nach einiger Zeit berührte er sie. Das Mädchen blieb stehen, wandte sich ihm zu und berührte ihn auch, so heftig, daß er erschrak. Die Handtasche in ihrer freien Hand kam ihm einen Augenblick lang vertrauter vor als sie selber.

Eine Zeitlang gingen sie nebeneinander her, in einigem Abstand, ohne sich zu berühren. Erst im Stiegenhaus berührte er sie wieder. Sie fing an zu laufen; er ging langsamer. Als er oben angekommen war, erkannte er ihre Wohnung daran, daß die Tür weit offenstand. Sie machte sich im Finstern bemerkbar; er ging zu ihr hin, und sie ließen sich sofort miteinander ein.

Als er am Morgen, geweckt von einem Lärm, aus dem Fenster des Appartements schaute, sah er gerade ein Flugzeug landen. Das Blinken der Positionslichter an der Maschine brachte ihn dazu, den Vorhang zuzuziehen. Weil sie bis jetzt keine Lampe eingeschaltet hatten, war der Vorhang offengeblieben. Bloch legte sich nieder und schloß die Augen.

Mit geschlossenen Augen überkam ihn eine seltsame Unfähigkeit, sich etwas vorzustellen. Obwohl er sich die Gegenstände in dem Raum mit allen möglichen Bezeichnungen einzubilden versuchte, konnte er sich nichts vorstellen; nicht einmal das Flugzeug, das er gerade landen gesehen hatte und dessen Bremsgeheul jetzt auf der Piste er wohl von früher wiedererkannte, hätte er in Gedanken nachzeichnen können. Er machte die Augen auf und schaute einige Zeit in eine Ecke, wo sich die Kochnische befand: er prägte sich den Teekessel ein und die verwelkten Blumen, die aus dem Abwaschbecken hingen. Kaum hatte er die Augen geschlossen, waren ihm Blumen und Teekessel schon unvorstellbar geworden. Er behalf sich, indem er statt Wörtern für diese Sachen Sätze bildete, in der Meinung, eine Geschichte aus solchen Sätzen könnte ihm erleichtern, sich die Sachen vorzustellen. Der Teekessel pfiff. Die Blumen waren dem Mädchen von einem Freund geschenkt worden. Niemand stellte den Teekessel von dem Elektrokocher. »Soll ich Tee machen?« fragte das Mädchen. Es nützte nichts: Bloch machte die Augen auf, als es unerträglich wurde. Das Mädchen neben ihm schlief.

Bloch wurde nervös. Einerseits diese Aufdringlichkeit der Umgebung, wenn er die Augen offen hatte, andrerseits diese noch schlimmere Aufdringlichkeit der Wörter für die Sachen in der Umgebung, wenn er die Augen geschlossen hatte! ›Ob es daran liegt, daß ich gerade noch mit ihr geschlafen habe?‹ dachte er. Er ging ins Bad und duschte lange.

Wirklich pfiff der Teekessel, als er zurückkam. »Ich bin von der Dusche wach geworden!« sagte das Mädchen. Es war Bloch, als ob sie zum ersten Mal direkt zu ihm redete. Er sei noch nicht ganz bei sich, antwortete er. Ob Ameisen in der Teekanne seien? »Ameisen?« Als das kochende

Wasser aus dem Kessel die Teeblätter auf dem Boden der Kanne traf, sah er statt der Teeblätter Ameisen, auf die er einmal siedendes Wasser geschüttet hatte. Er zog den Vorhang wieder auf.

Der Tee in der offenen Dose erschien, da das Licht nur durch die kleine runde Deckelöffnung kam, seltsam beleuchtet von dem Widerschein der Innenwände. Bloch, der mit der Dose am Tisch saß, schaute starr in die Öffnung hinein. Daß er von dem eigenartigen Leuchten der Teeblätter so angezogen war, belustigte ihn, während er nebenher mit dem Mädchen redete. Schließlich drückte er den Dekkel auf die Öffnung, hörte aber gleichzeitig zu sprechen auf. Dem Mädchen war nichts aufgefallen. »Ich heiße Gerda!« sagte sie. Bloch hatte es gar nicht wissen wollen. Ob ihr nichts aufgefallen sei? fragte er, aber sie hatte schon eine Platte aufgelegt, ein italienisches Lied, das mit Elektrogitarren instrumentiert war. »Ich mag seine Stimme!« sagte sie. Bloch, der mit italienischen Schlagern nichts anfangen konnte, schwieg.

Als sie kurz wegging, um etwas zum Frühstück zu holen – »es ist Montag!« sagte sie –, war es Bloch endlich möglich, alles ruhig anzuschauen. Beim Essen sprachen sie viel. Nach einiger Zeit merkte Bloch, daß sie von Dingen, von denen er ihr gerade erst erzählt hatte, schon wie von ihren eigenen Dingen redete, während er dagegen, wenn er etwas erwähnte, von dem sie gerade gesprochen hatte, sie entweder immer nur vorsichtig zitierte oder aber, sobald er mit eigenen Worten davon sprach, jedesmal ein befremdendes und distanzierendes ›Dieser‹ oder ›Diese‹ davorsetzte, als fürchte er, ihre Angelegenheiten zu den seinen zu machen. Sprach er von dem Polier oder etwa von einem Fußballer namens Stumm, so konnte sie kurz darauf schon einfach ganz vertraut ›Der Polier‹ und ›Stumm‹ sagen; er dagegen sagte, wenn sie einen Bekannten namens Freddy und ein Lokal mit der Bezeichnung ›Stephanskeller‹ erwähnt hatte, in der Antwort darauf jedesmal: ›dieser Freddy?‹ und: ›dieser Stephanskeller?‹. Alles, was sie vorbrachte, hielt ihn davon ab, darauf einzugehen, und es störte ihn, daß sie das, was er sprach, so ungeniert, wie es ihm vorkam, verwendete.

Einige Male freilich, zwischendurch, wurde ihm kurz das Gespräch so selbstverständlich wie ihr: er fragte sie, und sie antwortete; sie fragte, und er gab eine selbstverständliche Antwort. »Ist das eine Düsenmaschine?« – »Nein, das ist eine Propellermaschine.« – »Wo wohnst du?« – »Im zweiten Bezirk.« Beinahe hätte er ihr sogar von der Schlägerei erzählt.

Aber dann störte ihn alles immer mehr. Er wollte ihr antworten, brach aber ab, weil er das, was er vorhatte zu sagen, als bekannt annahm. Sie wurde unruhig, ging im Zimmer hin und her; sie suchte sich Tätigkeiten aus, lächelte ab und zu blöde. Einige Zeit verging mit dem Umdrehen und Wechseln von Platten. Sie stand auf und legte sich aufs Bett; er setzte sich dazu. Ob er heute zur Arbeit gehe? fragte sie.

Plötzlich würgte er sie. Er hatte gleich so fest zugedrückt, daß sie gar nicht dazugekommen war, es noch als Spaß aufzufassen. Draußen im Flur hörte Bloch Stimmen. Er hatte Todesangst. Er bemerkte, daß ihr eine Flüssigkeit aus der Nase rann. Sie brummte. Schließlich hörte er ein Geräusch wie ein Knacken. Es kam ihm vor, wie wenn ein Stein auf einem holprigen Feldweg plötzlich unten gegen das Auto schlägt. Speichel war auf den Linoleumboden getropft.

Die Beklemmung war so stark, daß er sofort müde wurde. Er legte sich auf den Boden, unfähig, einzuschlafen und unfähig, den Kopf zu heben. Er hörte, wie jemand von außen mit einem Tuch gegen den Türknauf schlug. Er horchte. Es war nichts zu hören gewesen. Also mußte er doch eingeschlafen sein.

Er brauchte nicht lange, um wach zu werden; schon mit dem ersten Augenblick des Aufwachens kam er sich an allen Stellen offen vor; wie wenn in dem Zimmer Luftzug wäre, dachte er. Dabei hatte er sich nicht einmal die Haut abgeschürft. Trotzdem bildete er sich ein, aus seinem ganzen Körper dringe eine Lymphflüssigkeit hervor. Er war aufgestanden und hatte alle Gegenstände im Raum mit einem Geschirrtuch abgewischt.

Er schaute aus dem Fenster: unten lief jemand mit einem Arm voll Anzügen, die auf Kleiderbügeln hingen, über den Rasen zu einem Lieferwagen.

Er verließ das Haus mit dem Aufzug und ging einige Zeit, ohne die Richtung zu ändern. Später fuhr er mit einem Vorortbus bis zur Straßenbahnendstation; von dort fuhr er in die Innenstadt.

Als er ins Hotel kam, erwies sich, daß man, in der Meinung, er komme nicht zurück, seine Aktentasche schon sichergestellt hatte. Während er bezahlte, holte der Hausbursche die Tasche aus der Abstellkammer. An einem hellen Ring erkannte Bloch, daß eine Milchflasche mit nassem Boden daraufgestanden haben mußte; er machte die Tasche auf, während der Portier das Wechselgeld zusammensuchte, und bemerkte, daß man auch den Inhalt der Tasche schon geprüft hatte; der Stiel der Zahnbürste schaute aus dem Lederetui; das Taschenradio lag obenauf. Bloch drehte sich nach dem Hausburschen um, aber dieser war in der Abstellkammer verschwunden. Da der Raum hinter dem Portiertisch ziemlich klein war, konnte Bloch den Portier mit der einen Hand heranziehen und dann, nach einem Atemholen, mit der andern Hand eine Finte gegen das Gesicht des Portiers schlagen. Dieser zuckte zurück, obwohl Bloch ihn gar nicht getroffen hatte. Der Hausbursche in der Abstellkammer verhielt sich still. Bloch war schon mit der Tasche hinausgegangen.

Er kam gerade noch zur rechten Zeit vor der Mittagspause in das Personalbüro der Firma und holte die Papiere ab. Bloch wunderte sich, daß diese noch nicht bereitlagen und daß man noch einige Telefongespräche führen mußte. Er bat, seinerseits telefonieren zu dürfen, und rief seine ehemalige Frau an; als das Kind sich meldete und sofort mit einem eingelernten Satz zu sprechen anfing, die Mutter sei nicht zu Hause, legte Bloch auf. Die Papiere lagen inzwischen bereit; er steckte die Lohnsteuerkarte in die Aktentasche; als er dann die Frau nach dem noch ausstehenden Lohn fragte, war sie schon weggegangen. Bloch zählte das Geld für sein Telefongespräch auf den Tisch und verließ das Haus.

Auch die Banken hatten schon geschlossen. So wartete er über Mittag in einem Park, bis er sein Geld vom laufenden Konto – ein Sparkonto hatte er nie gehabt – abheben konnte. Da er damit nicht weit kommen würde, beschloß er, das noch neuwertige Transistorradio zurückzugeben. Er fuhr mit dem Bus zu seiner Unterkunft im zweiten Bezirk und holte auch ein Blitzlichtgerät und einen Rasierapparat. In dem Geschäft dann erklärte man ihm, daß man die Sachen nur zurückkaufen könne, wenn er dafür neue Sachen kaufe. Bloch fuhr wieder mit dem Bus zu seinem Zimmer und nahm in einer Reisetasche zwei Pokale, die freilich nur Nachfertigungen von Pokalen waren, die seine Mannschaft einmal in einem Turnier, einmal im Cup gewonnen hatte, und ein Anhängsel, zwei vergoldete Fußballschuhe, mit.

Als im Trödlerladen zunächst niemand kam, packte er die Sachen aus und stellte sie gleich auf den Verkaufstisch. Dann erschien es ihm zu selbstverständlich, daß er die Sachen schon so auf den Tisch gestellt hatte, als seien sie zum Verkauf angenommen, und er nahm sie schnell wieder vom Tisch, versteckte sie sogar in der Tasche und stellte sie erst auf den Tisch zurück, nachdem man ihn danach gefragt hatte. Hinten in einem Regal erblickte er eine

Spieldose, auf der in der üblichen Pose die Figur einer Tänzerin aus Porzellan stand. Wie immer, wenn er eine Spieldose sah, glaubte er, sie schon einmal gesehen zu haben. Ohne zu verhandeln, war er dann sofort auf das erste Angebot für seine Sachen eingegangen.

Mit dem leichten Mantel, den er sich aus dem Zimmer geholt hatte, über dem Arm, war er darauf zum Südbahnhof gefahren. Auf dem Weg zum Bus war er der Zeitungsfrau begegnet, bei der er am Kiosk sonst die Zeitungen kaufte. Sie ging mit einem Pelzmantel und war mit einem Hund unterwegs; und obwohl er, wenn er eine Zeitung geholt hatte, beim Aushändigen von Zeitung und Münze, den Blick auf ihre schwarzen Fingerkuppen, sonst oft mit ihr geredet hatte, schien sie ihn jetzt, außerhalb des Kiosks, nicht zu erkennen; jedenfalls schaute sie nicht auf und hatte seinen Gruß nicht erwidert.

Da im Lauf eines Tages wenig Züge in Richtung Grenze fuhren, vertrieb sich Bloch die Zeit bis zur Abfahrt des nächsten Zuges, indem er ins Aktualitätenkino ging und dort schlief. Einmal wurde es ziemlich hell, und das Rauschen eines zu- oder aufgehenden Vorhangs kam ihm bedrohlich nahe vor. Um herauszufinden, ob der Vorhang zu- oder aufgegangen war, öffnete er die Augen. Jemand leuchtete ihm mit einer Taschenlampe ins Gesicht. Bloch schlug dem Billeteur die Lampe aus der Hand und ging in die Toilette im Nebenraum des Kinos.

Hier war es ruhig, das Tageslicht kam herein; Bloch stand eine Weile still.

Der Billeteur war ihm gefolgt, er hatte mit der Polizei gedroht, Bloch hatte den Wasserhahn aufgedreht, sich die Hände gewaschen, dann auf den Knopf des elektrischen Händetrockners gedrückt, die Hände in die warme Luft gehalten, bis der Billeteur verschwunden war.

Dann hatte sich Bloch die Zähne geputzt. Er hatte im Spiegel zugeschaut, wie er mit der einen Hand die Zähne geputzt hatte, während er die andre Hand, locker zur Faust geballt, eigenartig auf der Brust hielt. Aus dem Kino hörte er das Schreien und Toben der Zeichentrickfiguren.

Bloch hatte früher eine Freundin gehabt, von der er wußte, daß sie jetzt in einem südlichen Grenzort eine Gastwirtschaft führte. Im Bahnhofspostamt, wo die Telefonbücher für das ganze Land auslagen, suchte er vergeblich ihre Nummer; es gab in dem Ort einige Lokale, deren Inhaber nicht genannt waren; außerdem wurde Bloch das Aufheben des Telefonbuchs – die Telefonbücher hingen in einer Reihe, mit dem Rücken nach oben – bald zuviel. ›Das Gesicht nach unten‹, dachte er plötzlich. Ein Polizist kam herein und verlangte seinen Ausweis.

Der Billeteur habe sich beschwert, sagte der Polizist, während er abwechselnd hinunter in den Paß und in Blochs Gesicht schaute. Nach einer Weile beschloß Bloch, sich zu entschuldigen. Aber der Polizist hatte ihm schon mit der Bemerkung, er sei ja schon weit herumgekommen, den Paß zurückgegeben. Bloch schaute ihm nicht nach, sondern kippte sofort das Telefonbuch weg. Jemand schrie; als Bloch aufblickte, sah er, daß in der Telefonzelle vor ihm ein griechischer Gastarbeiter ziemlich laut in den Hörer sprach. Bloch überlegte es sich und nahm sich vor, statt mit dem Zug mit dem Bus zu fahren; er tauschte die Fahrkarte um und ging wirklich, nachdem er sich eine Wurstsemmel und einige Zeitungen gekauft hatte, zum Autobahnhof hinaus.

Der Omnibus stand schon da, freilich noch abgesperrt; die Fahrer standen in einiger Entfernung zusammen und redeten. Bloch setzte sich auf eine Bank; die Sonne schien; er aß die Wurstsemmel, ließ aber die Zeitungen neben sich liegen, weil er sie für die stundenlange Fahrt aufsparen wollte.

Der Kofferraum zu beiden Flanken des Wagens blieb ziemlich leer: es kamen kaum Leute mit Gepäck. Bloch wartete draußen so lange, bis hinten die Falttür zuging. Dann stieg er schnell vorn ein, und der Wagen fuhr an. Auf einen Ruf draußen hielt er sofort wieder an; Bloch drehte sich nicht um; eine Bäuerin mit einem Kind, das laut weinte, war noch eingestiegen. Drinnen wurde das Kind still, der Wagen war dann abgefahren.

Bloch bemerkte, daß er auf dem Sitz gerade über dem Wagenrad saß; seine Füße waren von dem an dieser Stelle hinaufgewölbten Boden abgerutscht. Er setzte sich zurück auf die letzte Sitzbank, wo er, wenn nötig, bequem nach hinten hinausschauen konnte. Als er sich setzte, sah er, obwohl das nichts zu bedeuten hatte, in die Augen des Fahrers im Rückspiegel. Bloch benutzte die Drehung, mit der er die Aktentasche hinter sich verstaute, und blickte hinaus. Die Falttür klapperte laut.

Während die übrigen Sitzreihen im Wagen die Reisenden nach vorn schauen ließen, standen die beiden Sitzreihen vor ihm einander gegenüber; so unterhielten sich die Reisenden, die hintereinander saßen, fast alle gleich nach der Abfahrt nicht mehr, während die Reisenden vor ihm schon bald weiterredeten. Die Stimmen der Leute waren Bloch angenehm; es erleichterte ihn, daß er zuhören konnte.

Nach einiger Zeit machte ihn – der Bus hatte die Ausfallstraße schon erreicht – eine Frau, die neben ihm in der Ecke saß, darauf aufmerksam, daß er einige Münzen verloren habe. Sie sagte: »Ist das Ihr Geld?« und zeigte ihm dabei, wie sie eine Münze aus dem Spalt zwischen Lehne und Sitz hervorzog. Mitten auf dem Sitz, zwischen ihm und der Frau, lag eine zweite Münze, ein amerikanischer Cent. Bloch nahm die Münzen, indem er antwortete, er müsse das Geld wohl vorhin verloren haben, als er sich umdrehte. Da aber die Frau nicht bemerkt hatte, daß er sich umgedreht hatte, fing sie an zu fragen, und Bloch antwortete wieder; allmählich, obwohl sie dafür unbequem saßen, sprachen sie ein wenig miteinander.

Das Reden und Zuhören hielt Bloch davon ab, die Münzen wegzustecken. Sie waren in seiner Hand warm geworden, als hätte man sie ihm eben aus einer Kinokasse herausgeschoben. Die Münzen seien deswegen so schmutzig, sagte er, weil man sie vor kurzem vor einem Fußballspiel zur Platzwahl aufgeworfen habe. »Ich verstehe nichts davon!« sagte die Reisende. Bloch faltete schnell die Zeitung auseinander. »Kopf oder Zahl!« redete sie schon weiter, so daß Bloch die Zeitung wieder zusammenfalten mußte. Vorhin, als er sich auf den Sitz über dem Wagenrad setzte, war ihm dabei die Schlaufe des Mantels, den er neben sich an den Haken gehängt hatte, durch die jähe Bewegung, mit der er sich aufs herabhängende Mantelende gesetzt hatte, abgerissen. Bloch saß, den Mantel auf den Knien, wehrlos neben der Frau.

Die Straße war schlechter geworden. Da die Falttür nicht dicht schloß, sah Bloch, wie das Licht von draußen durch den Spalt den Wagen flackernd beleuchtete. Ohne zu dem Spalt hinzuschauen, bemerkte er das Flackern auch auf dem Zeitungsblatt. Er las Zeile für Zeile. Dann schaute er auf und betrachtete die Reisenden vorne. Je weiter entfernt sie saßen, desto angenehmer war es, sie anzuschauen. Nach einiger Zeit fiel ihm auf, daß das Flakkern im Wagen aufgehört hatte. Draußen war es dunkel geworden.

Bloch, der nicht gewohnt war, so viel Einzelheiten wahrzunehmen, schmerzte der Kopf, wohl auch von dem Geruch der vielen Zeitungen, die er bei sich hatte. Zum Glück hielt der Autobus in einer Bezirksstadt, wo man den Reisenden in einer Raststätte ein Nachtmahl servierte. Während Bloch ein wenig im Freien umherging, hörte er drinnen im Schankraum wieder und wieder den Zigarettenautomaten krachen.

Auf dem Vorplatz erblickte er eine beleuchtete Telefonzelle. Ein Summton war ihm noch von dem Gedröhn des fahrenden Busses in den Ohren, so daß ihm das Knirschen des Schotters, der vor der Zelle lag, guttat. Er warf die Zeitungen in den Abfallkorb neben der Telefonzelle und schloß sich ein. »Ich gebe eine gute Zielscheibe ab!« hatte er in einem Film jemanden sagen hören, der nachts am Fenster stand.

Niemand meldete sich. Bloch, wieder im Freien, im Schatten der Telefonzelle, hörte in der Raststätte hinter den zugezogenen Vorhängen das heftige Klingeln der Spielautomaten. Als er in den Schankraum kam, zeigte sich, daß dieser inzwischen fast leer war; die meisten Reisenden waren hinausgegangen. Bloch trank im Stehen ein Bier und ging in den Flur: einige saßen schon im Wagen, andre standen an der Tür und unterhielten sich mit dem Fahrer, andre standen weiter weg, mit dem Rücken zum Wagen, im Finstern – Bloch, dem diese Beobachtungen zuwider wurden, fuhr sich mit der Hand über den Mund. Statt einfach wegzuschauen! Er schaute weg und erblickte im Flur Reisende, die mit Kindern von der Toilette kamen. Als er sich über den Mund fuhr, hatte die Hand nach den Metallgriffen an den Sitzlehnen gerochen. ›Das ist nicht wahr!‹ dachte Bloch. Der Fahrer war eingestiegen und hatte zum Zeichen, daß auch die andern einsteigen sollten, den Motor laufen lassen. ›Als ob man es nicht auch so verstanden hätte‹, dachte Bloch. Beim Abfahren sprühten auf der Straße die Funken von den schnell aus den Fenstern geworfenen Zigaretten.

Niemand saß mehr neben ihm. Bloch zog sich in die Ecke zurück und legte die Beine auf die Sitzbank. Er schnürte die Schuhe auf, lehnte sich gegen das Seitenfenster und schaute aufs andre Fenster hin. Er verschränkte die Hände im Nacken, stieß mit dem Fuß einen Brotkrümel vom Sitz, drückte die Unterarme gegen die Ohren und schaute die Ellenbogen vor sich an. Er drückte die Innenseite der Ellenbogen gegen die Schläfen, schnüffelte an den

Hemdärmeln, rieb sich das Kinn am Oberarm, legte den Kopf zurück und schaute auf die Deckenbeleuchtung. Es hörte überhaupt nicht mehr auf! Er wußte sich nicht anders zu helfen, als sich aufzusetzen.

Die Schatten der Bäume, die hinter den Böschungen standen, kreisten beim Vorbeifahren um die Bäume herum. Die beiden Scheibenwischer, die auf der Windschutzscheibe lagen, zeigten nicht ganz in die gleiche Richtung. Die Fahrscheintasche neben dem Fahrer schien offen zu sein. Im Mittelgang des Wagens lag etwas wie ein Handschuh. Auf den Weiden neben der Straße schliefen Kühe. Es war nutzlos, das abzustreiten. Allmählich stiegen immer mehr Reisende an Bedarfshaltestellen aus. Sie stellten sich neben den Fahrer, der sie dann vorn hinausließ. Als der Autobus stand, hörte Bloch oben auf dem Dach die Plane flattern. Dann hielt der Autobus wieder, und er hörte draußen im Finstern Begrüßungsrufe. Weiter weg erkannte er einen Bahnübergang ohne Schranken.

Kurz vor Mitternacht hielt der Bus in dem Grenzort. Im Gasthof, an dem sich die Haltestelle befand, bekam Bloch sofort ein Zimmer. Er fragte das Mädchen, das ihn hinaufführte, nach der Bekannten, von der er nur den Vornamen, Hertha, wußte. Sie konnte ihm Auskunft geben: die Bekannte habe eine Gaststätte etwas außerhalb des Ortes gepachtet. Was dieses Geräusch bedeute? fragte Bloch, schon im Zimmer, das Mädchen, das in der Tür stand. »Einige Burschen sind noch beim Kegelschieben!« antwortete das Mädchen und ging aus dem Zimmer. Ohne sich umzuschauen, zog Bloch sich aus, wusch sich die Hände und legte sich ins Bett. Das Rumpeln und Krachen unten dauerte noch einige Zeit, aber Bloch war schon eingeschlafen.

Er war nicht von selbst aufgewacht, sondern mußte durch irgend etwas geweckt worden sein. Es war überall still; Bloch überlegte, was ihn geweckt haben könnte; nach einiger Zeit begann er sich einzubilden, er sei durch das Umfalten einer Zeitung aufgeschreckt. Oder war es das Knacken des Schranks gewesen? Eine Münze war wohl aus der nachlässig über den Stuhl gelegten Hose gefallen und unter das Bett gerollt. An der Wand erblickte er einen Stich, der den Ort zur Zeit der Türkenkriege darstellte; vor den Mauern ergingen sich die Bürgersleute, hinter den Mauern hing die Glocke so schief im Glockenturm, daß man annehmen mußte, daß sie gerade heftig läutete. Bloch überlegte, wie unten der Glöckner von dem Glockenseil aufgelüpft wurde; er sah, daß die Bürger draußen alle auf das Mauertor zugingen; einige, mit Kindern auf dem Arm, liefen, ein Hund wedelte zwischen den Beinen eines Kindes durch, daß dieses zu straucheln schien. Auch die kleine Notglocke im Kapellenturm war so eingezeichnet, daß sie fast umkippte. Unter dem Bett hatte nur ein abgebranntes Streichholz gelegen. Draußen auf dem Gang, weiter weg, krachte wieder ein Schlüssel in einem Schloß; davon war er wohl wach geworden.

Beim Frühstück hörte Bloch, seit zwei Tagen werde ein gehbehinderter Schüler vermißt. Das Mädchen erzählte es dem Busfahrer, der in dem Gasthof übernachtet hatte, bevor er, wie Bloch durch das Fenster beobachtete, mit dem ziemlich unbesetzten Wagen zurückfuhr. Später ging auch das Mädchen weg, so daß Bloch eine Zeitlang allein im Gastzimmer saß. Auf dem Stuhl neben sich stapelte er die Zeitungen; er las, daß es sich nicht um einen verkrüppelten, sondern um einen sprechbehinderten Schüler handelte. Über ihm, so erklärte wie zur Rechenschaft gleich nach der Rückkehr das Mädchen, wurde Staub gesaugt. Bloch wußte nicht, was er dazu sagen sollte. Dann klirrten die leeren Bierflaschen in den Kisten, die draußen über den Hof getragen wurden. Die Stimmen der Bierträger im Flur hörte Bloch, als ob sie nebenan aus dem Fernseher kämen. Das Mädchen hatte ihm erzählt, die Mutter des Wirts sitze tagsüber im Nebenzimmer und betrachte das Schichtarbeiterprogramm.

Später kaufte sich Bloch in einem Gemischtwarengeschäft ein Hemd, Unterwäsche und einige Paar Socken. Die Verkäuferin, die nach einer Weile aus dem ziemlich dunklen Magazin gekommen war, schien Bloch, der in ganzen Sätzen zu ihr sprach, nicht zu verstehen; erst als er ihr einzeln die Worte für die gewünschten Sachen vorsagte, hatte sie wieder angefangen, sich von der Stelle zu rühren. Während sie die Lade aus der Kasse zog, hatte sie gesagt, es seien auch Gummistiefel eingetroffen; und noch während sie ihm die Sachen in einer Plastiktragetasche aushändigte, hatte sie gefragt, ob er noch etwas brauche: Taschentücher? Eine Krawatte? Eine Wollweste? Im Gasthof hatte Bloch sich umgezogen und die gebrauchte Wäsche in die Plastiktasche verstaut. Auf dem Platz draußen und auf dem Weg aus dem Ort hinaus kam ihm dann kaum jemand entgegen. Neben einem Neubau wurde gerade die Mörtelmischmaschine ausgeschaltet; es war so ruhig, daß Bloch die eigenen Schritte wie ungehörig vorkamen. Er war stehengeblieben und hatte die schwarzen Planen auf den Holzstößen eines Sägewerks beobachtet, als ob da etwas anderes zu hören sei als das Gemurmel der Sägearbeiter, die hinter den Holzstößen wohl bei der Jause saßen.

Es war ihm erklärt worden, daß die Gaststätte mit ein paar Bauernhäusern und dem Zollwachehaus sich an der Stelle befände, wo die asphaltierte Straße in einem Bogen zum Ort zurückführe; von der Straße zweige ein Weg ab, der zwischen den Häusern gleichfalls asphaltiert, später aber nur noch geschottert sei und dann, kurz vor der Grenze, in einen Steg übergehe. Der Grenzübergang sei geschlossen. Nach dem Grenzübergang hatte Bloch freilich gar nicht gefragt.

Über einem Feld sah er einen Habicht kreisen. Als der

Habicht dann auf der Stelle flatterte und herabstieß, fiel Bloch auf, daß er nicht das Flattern und Herabstoßen des Vogels beobachtet hatte, sondern die Stelle im Feld, auf die der Vogel wohl herabstoßen würde; der Habicht hatte sich im Sturzflug gefangen und war wieder aufgestiegen.

Eigenartig war es auch, daß Bloch beim Vorbeigehen im Maisfeld nicht die gerade verlaufenden Gassen durch bis zum anderen Ende des Maisfelds sah, sondern nur das undurchsichtige Dickicht von Stengeln, Blättern und Kolben, aus denen hier und da noch dazu die nackten Körner herausschauten. Noch dazu? Der Bach, über den die Straße gerade führte, rauschte ziemlich laut, und Bloch stockte.

Im Wirtshaus traf er die Kellnerin, die gerade den Boden aufwusch. Bloch fragte nach der Pächterin. »Sie schläft noch!« sagte die Kellnerin. Bloch bestellte im Stehen ein Bier. Die Kellnerin hob einen Stuhl vom Tisch. Bloch nahm den zweiten Stuhl vom Tisch und setzte sich.

Die Kellnerin ging hinter die Theke. Bloch legte die Hände auf den Tisch. Die Kellnerin bückte sich und öffnete die Flasche. Bloch schob den Aschenbecher weg. Die Kellnerin nahm im Vorbeigehen von einem anderen Tisch einen Bierdeckel. Bloch rückte mit dem Stuhl zurück. Die Kellnerin nahm das Glas von der Flasche, auf die sie es gestülpt hatte, legte den Bierdeckel auf den Tisch, stellte das Glas auf den Deckel, kippte die Flasche in das Glas, stellte die Flasche auf den Tisch und ging weg. Es fing schon wieder an! Bloch wußte nicht mehr, was er tun sollte.

Endlich erblickte er einen Tropfen, der außen am Glas herunterlief, und an der Wand eine Uhr, deren Zeiger durch zwei Streichhölzer gebildet wurden; ein Streichholz war abgebrochen und diente als Stundenzeiger; er hatte nicht den herunterlaufenden Tropfen angeschaut, sondern die Stelle auf dem Deckel, auf die der Tropfen wohl treffen könnte. Die Kellnerin, die inzwischen mit einer Paste den Boden einließ, fragte, ob er die Pächterin kenne.

Bloch nickte, sagte aber erst, als die Kellnerin aufschaute, ja.

Ein Kind kam hereingelaufen, ohne die Tür zuzumachen. Die Kellnerin schickte es zum Eingang zurück, wo es die Stiefel abstreifte und nach einer zweiten Ermahnung die Tür schloß. »Das Mädchen der Wirtin!« erklärte die Kellnerin, die das Kind dann sofort in die Küche brachte. Als sie wieder hereinkam, sagte sie, vor einigen Tagen habe sich bei der Wirtin ein Mann gemeldet. »Er hat vorgegeben, für eine Brunnenausschachtung bestellt zu sein. Sie hat ihn gleich wieder wegschicken wollen, aber er hat nicht lockergelassen, bis sie ihm den Keller gezeigt hat, wo er sofort einen Spaten genommen hat, so daß sie Hilfe geholt hat, damit er weggeht und sie ...« Bloch gelang es gerade noch, sie zu unterbrechen. »Das Kind hat seitdem Angst, daß der Brunnenmacher zurückkommt.« Aber inzwischen war ein Zollwachebeamter hereingetreten und hatte an der Theke ein Glas Schnaps getrunken.

Ob der vermißte Schüler wieder zu Hause sei? fragte die Kellnerin. Der Zollwachebeamte antwortete: »Nein, er ist noch nicht gefunden worden.«

»Er ist ja noch nicht einmal zwei Tage weg«, sagte die Kellnerin. Der Zollwachebeamte erwiderte: »Aber die Nächte sind schon ziemlich kalt.«

»Immerhin ist er warm angezogen«, sagte die Kellnerin. Ja, er sei warm angezogen gewesen, sagte der Zollwachebeamte.

»Er kann nicht weit sein«, fügte er hinzu. Er könne nicht weit gekommen sein, wiederholte die Kellnerin. Über dem Musikautomaten erblickte Bloch ein beschädigtes Hirschgeweih. Die Kellnerin erklärte, es stamme von einem Hirsch, der sich ins Minenfeld verirrt habe.

In der Küche hörte er Geräusche, die, als er hinhörte, sich als Stimmen herausstellten. Die Kellnerin rief durch die geschlossene Tür. Die Pächterin antwortete in der Küche. Einige Zeit unterhielten sie sich so miteinander. Dann, mitten in einer Antwort, kam die Pächterin herein. Bloch begrüßte sie.

Sie setzte sich an seinen Tisch, nicht neben ihn, sondern gegenüber; die Hände legte sie unter dem Tisch auf die Knie. Durch die offene Tür hörte Bloch in der Küche den Kühlschrank summen. Das Kind saß daneben und aß ein Brot. Die Pächterin schaute ihn an, als ob sie ihn zu lange nicht gesehen hätte. »Wir haben uns lange nicht gesehen!« sagte sie. Bloch erzählte ihr eine Geschichte, die seinen Aufenthalt hier betraf. Durch die Tür sah er, ziemlich weit weg, in der Küche das Mädchen sitzen. Die Pächterin legte die Hände auf den Tisch und drehte die Handflächen auf und zu. Die Kellnerin brachte das Getränk, das Bloch für sie bestellt hatte. Welche ›sie‹? In der inzwischen leeren Küche schütterte der Kühlschrank. Bloch betrachtete durch die Tür die Apfelschalen, die drinnen auf dem Küchentisch lagen. Unter dem Tisch stand eine Schüssel, die mit Äpfeln angehäuft war; ein paar Äpfel waren heruntergerollt und lagen hier und dort auf dem Boden. An einem Nagel im Türrahmen hing eine Arbeitshose. Die Pächterin hatte den Aschenbecher zwischen sich und ihn geschoben. Bloch stellte die Flasche beiseite, sie aber legte die Streichholzschachtel vor sich hin, stellte auch noch ihr Glas dazu. Endlich schob Bloch sein Glas und seine Flasche rechts daneben. Hertha lachte.

Das Kind war hereingekommen und lehnte hinter der Pächterin am Stuhl. Es wurde um Holz für die Küche geschickt, ließ aber die Scheite, als es mit der einen Hand die Tür aufmachte, fallen. Die Kellnerin sammelte das Holz auf und trug es in die Küche, während sich das Kind wieder im Rücken der Pächterin an den Stuhl lehnte. Bloch kam es vor, als könnten diese Vorgänge gegen ihn verwendet werden.

Jemand klopfte von außen gegen das Fenster, entfernte sich aber sofort wieder. Der Sohn des Gutsbesitzers, sagte die Pächterin. Dann gingen draußen Kinder vorbei, von denen eines schnell herankam, das Gesicht an die Scheibe drückte und wieder weglief. »Die Schule ist aus!« sagte sie. Darauf wurde es drinnen dunkler, weil draußen auf der Straße ein Möbelwagen hielt. »Da kommen meine Möbel!« sagte die Pächterin. Bloch war erleichtert, daß er aufstehen und helfen konnte, die Möbel hereinzuschaffen.

Beim Tragen ging die Tür des Schrankes auf. Bloch stieß sie mit dem Fuß wieder zu. Als der Schrank im Schlafzimmer abgestellt wurde, ging sie wieder auf. Einer der Träger übergab Bloch den Schlüssel, und er sperrte ab. Er sei aber nicht der Eigentümer, sagte Bloch. Allmählich, wenn er dann etwas sagte, kam er selber wieder darin vor. Die Pächterin lud ihn zum Essen ein. Bloch, der vorgehabt hatte, überhaupt bei ihr zu wohnen, lehnte ab. Er wollte aber am Abend zurückkommen. Hertha, die aus dem Raum heraus sprach, in dem die Möbel standen, antwortete ihm, als er schon am Hinausgehen war; jedenfalls war es ihm vorgekommen, als hätte er sie rufen hören. Er trat in die Wirtsstube zurück, aber er sah nur durch die überall offenen Türen die Kellnerin in der Küche am Herd stehen, während die Pächterin im Schlafzimmer Kleider in den Schrank verräumte und das Kind an einem Tisch in der Wirtsstube die Schulaufgaben machte. Beim Hinausgehen hatte er wohl das überkochende Wasser auf dem Herd mit einem Ruf verwechselt.

Es war unmöglich, in das Zollwachzimmer hineinzuschauen, obwohl das Fenster offen war; der Raum war von außen zu finster. Aber von innen mußte man Bloch gesehen haben; er merkte es daran, daß er selber den Atem anhielt, als er vorbeiging. War es möglich, daß sich niemand in dem Raum befand, obwohl das Fenster weit geöffnet war? Warum ›obwohl?‹ War es möglich, daß sich niemand in dem Raum befand, weil das Fenster weit geöffnet war?

Bloch schaute zurück: sogar eine Bierflasche hatte man vom Fensterbrett entfernt, um ihm nachschauen zu können. Er hörte ein Geräusch, wie wenn eine Flasche unter ein Sofa rollte. Andrerseits war nicht zu erwarten, daß in dem Zollwachzimmer ein Sofa stand. Erst weiter weg wurde ihm klar, daß man in dem Raum ein Radio eingeschaltet hatte. Bloch ging in dem Bogen, den die Straße machte, zum Ort zurück. Einmal fing er erleichtert zu laufen an, so übersichtlich und einfach führte vor ihm die Straße in den Ort hinein.

Eine Zeitlang ging er zwischen den Häusern herum. In einem Café drückte er einige Platten, nachdem der Wirt den Musikautomaten eingeschaltet hatte; noch bevor alle Platten gespielt hatten, war er hinausgegangen; draußen hörte er, wie der Wirt den Stecker wieder herauszog. Auf den Bänken saßen die Schulkinder, die auf den Autobus warteten.

Vor einem Obststand blieb er stehen, aber er stellte sich so weit weg davon, daß ihn die Frau hinter dem Obst nicht anreden konnte. Sie schaute ihn an und wartete, daß er einen Schritt näher kam. Ein Kind, das gerade vor ihm stand, sagte etwas, aber die Frau antwortete nicht. Als dann ein Gendarm, der sich von hinten genähert hatte, dicht genug vor dem Obst stand, sprach sie ihn sofort an.

In dem Ort gab es keine Telefonzelle. Bloch versuchte, vom Postamt aus einen Freund anzurufen. Er wartete auf einer Bank in dem Schalterraum, aber das Gespräch kam nicht. Um diese Tageszeit seien die Leitungen überlastet. Er beschimpfte die Beamtin und ging weg.

Als er außerhalb des Ortes, am Bad vorbeiging, sah er, daß zwei Gendarmen mit Fahrrädern auf ihn zukamen. Mit Umhängen! dachte er. Wirklich trugen die Gendarmen, als sie vor ihm hielten, Umhänge; und als sie vom Rad stiegen, zogen sie nicht einmal die Fahrradklammern von den Hosen. Wieder kam es Bloch vor, als schaue er einer Spieluhr zu; als hätte er das alles schon einmal gesehen. Er hatte die Tür im Zaun, die ins Bad hineinführte, nicht losgelassen, obwohl sie verschlossen war. »Das Bad ist geschlossen«, sagte Bloch.

Die Gendarmen, die die vertrauten Bemerkungen machten, schienen dennoch damit etwas ganz andres zu meinen; jedenfalls betonten sie Wörter wie ›Geh weg!‹ und ›beherzigen‹ absichtlich falsch als ›Gehweg‹ und ›Becher-Ziegen‹, und versprachen sich ebenso absichtlich, indem sie ›zur rechten Zeit fertig‹ statt ›rechtfertigen‹ und ›ausweißen‹ statt ›ausweisen‹ sagten. Denn welchen Sinn sollte es haben, daß ihm die Gendarmen von den Ziegen des Bauern Becher erzählten, die, als die Tür einmal offengelassen worden war, in das noch gar nicht eröffnete Gemeindebad eingedrungen waren und dort alles, sogar die Wände des Bad-Cafés, beschmutzt hatten, so daß man die Räume wieder ausweißen mußte und das Bad nicht zur rechten Zeit fertig wurde; weshalb Bloch die Tür auch verschlossen lassen und auf dem Gehweg bleiben solle? Wie zum Hohn unterließen die Gendarmen, als sie weiterfuhren, auch die üblichen Grußbezeigungen oder deuteten diese jedenfalls nur so an, als ob sie damit etwas sagen wollten. Sie schauten nicht über die Schultern zurück. Um zu zeigen, daß er nichts zu verbergen hatte, blieb Bloch noch am Zaun stehen und schaute zur leeren Badeanstalt hinein; ›wie in einen offenen Schrank, zu dem ich gegangen bin und etwas herausnehmen wollte‹, dachte Bloch. Es fiel ihm nicht mehr ein, was er in der Badeanstalt gewollt hatte. Überdies wurde es finster; die Hausschilder der Gemeindebauten am Ortsrand waren schon beleuchtet. Bloch ging in den Ort zurück. Als zwei Mädchen an ihm vorbei zum Bahnhof liefen, rief er ihnen nach. Sie drehten sich im Laufen um und riefen zurück. Bloch war hungrig. Er aß im Gasthof, während im Nebenzimmer schon der Fernseher zu hören war. Später ging er mit seinem Glas hinein und schaute zu, bis am Ende des Programms das Testbild erschien. Er ließ sich den Schlüssel geben und ging hinauf. Schon im Halbschlaf, glaubte er, draußen ein unbeleuchtetes Auto anfahren zu hören. Vergeblich versuchte er noch, sich zu fragen, warum ihm gerade ein unbeleuchtetes Auto eingefallen war; er mußte mittendrin eingeschlafen sein.

Bloch erwachte von dem Knallen und Schnaufen auf der Straße, mit dem die Abfalltonnen in den Müllwagen gekippt wurden; als er aber hinausschaute, sah er, daß vielmehr die Falttür des Busses, der gerade abfuhr, sich geschlossen hatte und daß weiter weg die Milchkannen auf die Laderampe der Molkerei gestellt wurden; hier auf dem Land gab es keine Müllwagen; die Mißverständnisse fingen wieder an.

Bloch erblickte in der Tür das Mädchen, auf ihrem Arm einen Stapel von Handtüchern und darauf eine Taschenlampe; noch bevor er sich bemerkbar machen konnte, war sie wieder draußen auf dem Gang. Erst durch die Tür entschuldigte sie sich, aber Bloch verstand sie nicht, weil er zugleich selber ihr etwas nachrief. Er folgte ihr auf den Gang; sie war schon in einem anderen Zimmer; mit einem überdeutlichen zweimaligen Drehen versperrte Bloch, wieder in seinem Zimmer, die Tür. Später ging er dem Mädchen, das schon einige Zimmer weiter war, nach und erklärte, es sei ein Mißverständnis. Das Mädchen, während es ein Handtuch über das Waschbecken legte, antwortete, ja, es sei ein Mißverständnis, sie müsse wohl vorhin, vom Ende des Gangs, von weitem den Autobusfahrer an der Stiege mit ihm verwechselt haben, so daß sie, in der Meinung, er sei schon hinuntergegangen, sein Zimmer betreten habe. Bloch, der in der offenen Tür stand, sagte, das habe er nicht gemeint. Sie hatte aber gerade den Wasserhahn aufgedreht, so daß sie ihn dann bat, den Satz zu wiederholen. Bloch antwortete darauf, in den Zimmern seien viel zu viele Schränke, Truhen und Kommoden. Das Mädchen erwiderte, ja, und dafür gebe es in dem Gasthof eben viel zu wenig Personal, wie die Verwechslung vorhin, die auf Übermüdung ihrerseits zurückzuführen sei, beweise. Das habe er mit der Bemerkung über die Schränke nicht sagen wollen, antwortete Bloch, man könne sich nur in den Zimmern nicht richtig bewegen. Das Mädchen fragte, was er damit meine. Bloch antwortete nicht. Sie deutete sein Schweigen, indem sie das schmutzige Handtuch zusammenknäulte, oder vielmehr faßte Bloch das Zusammenknäueln des Handtuchs als Erwiderung auf sein Schweigen auf. Sie ließ das Tuch in den Korb fallen; Bloch antwortete wieder nicht, was sie, wie er glaubte, veranlaßte, die Vorhänge aufzuziehen, so daß er schnell in den dunkleren Gang hinaustrat. »Das wollte ich damit nicht sagen!« rief das Mädchen. Sie ging ihm in den Gang nach, aber dann folgte ihr Bloch, während sie die Handtücher auf die restlichen Zimmer verteilte. In einem Knick des Gangs stießen sie auf einen Haufen von gebrauchten Betttüchern, die da auf dem Boden lagen. Als Bloch auswich, fiel dem Mädchen eine Seifenschachtel von dem Handtuchstapel. Ob sie auf dem Heimweg eine Taschenlampe brauche? fragte Bloch. Sie habe einen Freund, antwortete das Mädchen, das sich mit rotem Gesicht wieder aufrichtete. Ob es in dem Gasthof auch Zimmer mit doppelten Türen gebe? fragte Bloch. »Mein Freund ist ja Tischler«, antwortete das Mädchen. Er habe einen Film gesehen, in dem ein Hoteldieb zwischen doppelten Türen eingesperrt worden sei, sagte Bloch. »Aus unseren Zimmern ist noch nie etwas weggekommen!« sagte das Mädchen.

Unten im Gastzimmer las er, daß neben der Kassiererin eine kleine amerikanische Münze gefunden worden sei, ein Fünf-Cent-Stück. Die Bekannten der Kassiererin hatten diese nie mit einem amerikanischen Soldaten gesehen; auch amerikanische Touristen waren zu dieser Zeit kaum im Land. Außerdem habe man Kritzeleien auf dem Rand einer Zeitung gefunden, wie man eben im Gespräch nebenbei was vor sich hinzeichne. Die Kritzeleien stammten offensichtlich nicht von der Kassiererin; es wurde untersucht, ob sie vielleicht über den Besucher etwas aussagen könnten.

Der Wirt kam an den Tisch und legte Bloch den Meldezettel vor; er habe schon die ganze Zeit in Blochs Zimmer gelegen. Bloch füllte den Zettel aus. Der Wirt stand etwas weiter weg und schaute ihm zu. In dem Sägewerk draußen traf die Motorsäge gerade auf das Holz. Bloch hörte das Geräusch wie etwas Verbotenes.

Statt nun folgerichtig mit dem Meldezettel hinter die Theke zu gehen, ging der Wirt damit in das Nebenzimmer und redete, wie Bloch sah, drinnen mit seiner Mutter; und statt dann, wie es die offengelassene Tür erwarten ließ, gleich wieder herauszukommen, sprach er immer weiter und machte schließlich die Tür sogar zu. An Stelle des Wirts kam darauf das alte Weib heraus. Der Wirt folgte ihr nicht, sondern blieb im Nebenraum und zog die Vorhänge weg, und statt darauf den Fernseher auszuschalten, schaltete er den Ventilator ein.

Von der anderen Seite betrat jetzt das Mädchen mit dem Staubsauger das Gastzimmer. Bloch erwartete schon, sie wie selbstverständlich mit dem Gerät auf die Straße treten zu sehen; statt dessen schloß sie es an die Steckdose an und schob es darauf unter den Stühlen und Tischen hin und her. Als dann auch der Wirt die Vorhänge im Nebenraum wieder schloß, die Mutter des Wirts in den Raum zurückkehrte und schließlich der Wirt den Ventilator abschaltete, kam es Bloch vor, als renke sich alles wieder ein.

Er erkundigte sich bei dem Wirt, ob in der Gegend viele Zeitungen gelesen würden. »Nur Wochenzeitungen und Illustrierte«, antwortete der Wirt. Bloch, der das schon im Hinausgehen gefragt hatte, klemmte sich, da er mit dem

Ellbogen die Klinke niederdrückte, zwischen Klinke und Tür den Arm ein. »Das kommt davon!« rief das Mädchen hinter ihm her. Bloch hörte noch, wie der Wirt sie fragte, was sie damit meinte.

Er schrieb ein paar Postkarten, warf sie aber nicht gleich ein. Als er sie später, schon außerhalb des Ortes, in einen Briefkasten, der an einem Zaun angebracht war, stecken wollte, sah er, daß der Briefkasten erst morgen wieder geleert werden würde. Seit einer Tournee durch Südamerika, wo seine Mannschaft an jedem Ort Ansichtskarten mit den Unterschriften aller Spieler an die Zeitungen hatte schicken müssen, war Bloch gewohnt, wenn er unterwegs war, Karten zu schreiben.

Eine Schulklasse kam vorbei; die Kinder sangen, und Bloch warf die Karten ein. Als sie in den leeren Kasten fielen, hallte es darin. Aber der Briefkasten war so klein, daß es gar nicht hallen konnte. Außerdem war Bloch sofort weitergegangen.

Er ging eine Zeitlang querfeldein. Das Gefühl, als ob ihm ein regenschwerer Ball auf den Kopf falle, ließ nach. In der Nähe der Grenze fing der Wald an. Er kehrte um, als er den ersten Wachtturm auf der anderen Seite der Niemandslandschneise erkannte. Am Waldrand setzte er sich auf einen Baumstamm. Er stand gleich wieder auf. Dann setzte er sich wieder und zählte sein Geld. Er schaute auf. Die Landschaft, obwohl sie eben war, wölbte sich so nah an ihn heran, daß sie ihn zu verdrängen schien. Er war hier am Waldrand, dort war ein Transformatorhäuschen, dort war ein Milchstand, dort war ein Feld, dort waren ein paar Figuren, dort am Waldrand war er. Er saß so still, bis er sich selber nicht mehr auffiel. Später bemerkte er, daß die Figuren auf dem Feld Gendarmen mit Hunden waren.

Neben einem Brombeergebüsch, halb schon unter den Brombeeren, fand Bloch dann ein Kinderfahrrad. Er stellte es auf. Der Sattel war ziemlich hoch geschraubt, wie für einen Erwachsenen. Im Reifen steckten einige Brombeerstacheln, ohne daß deshalb aber die Luft ausgegangen war. In den Speichen hatte sich ein Fichtenast so verfangen, daß er das Rad blockierte. Bloch riß an dem Ast. Dann ließ er das Rad fallen in der Meinung, die Gendarmen könnten von weitem in der Sonne die Reflexe der Scheinwerferkappe sehen. Die Gendarmen waren aber schon mit den Hunden weitergegangen.

Bloch schaute den Figuren nach, die eine Böschung hinunterliefen; die Hundemarken und das Sprechfunkgerät blinkten. Ob das Blinken etwas mitteilen sollte? Waren es Blinkzeichen? Allmählich verlor es dann diese Bedeutung: weiter weg blitzten die Scheinwerferkappen der Autos auf, wenn die Straße die Richtung änderte, neben Bloch blitzten die Splitter eines Taschenspiegels, der Weg dann flimmerte von Glimmerstücken. Der Schotter rutschte unter den Reifen weg, als Bloch aufs Fahrrad stieg.

Er fuhr eine kurze Strecke. Schließlich lehnte er das Rad an das Transformatorhäuschen und ging zu Fuß weiter.

Er las das Kinoplakat, das mit Heftklammern am Milchstand befestigt war; die anderen Plakate darunter waren abgefetzt. Bloch ging weiter und sah im Hof eines Bauernhauses einen Burschen stehen, der Schluckauf hatte. In einem Obstgarten sah er Wespen umherfliegen. An einem Wegkreuz standen verfaulte Blumen in Konservendosen. Im Gras neben der Straße lagen leere Zigarettenschachteln. Neben den geschlossenen Fenstern sah er Fensterhaken von den Fensterläden hängen. Als er an einem offenen Fenster vorbeiging, roch er Verwestes. Im Wirtshaus sagte ihm die Pächterin, daß im Haus gegenüber gestern jemand gestorben sei.

Als Bloch zu ihr in die Küche gehen wollte, kam sie ihm in der Tür entgegen und ging vor ihm her in die Wirtsstube. Bloch überholte sie und ging auf einen Tisch in der Ecke zu, aber sie hatte sich schon an einen Tisch in der

Nähe der Tür gesetzt. Als Bloch zu reden anfangen wollte, war sie ihm gleich zuvorgekommen. Er wollte sie darauf aufmerksam machen, daß die Kellnerin Gesundheitsschuhe trug, aber die Pächterin zeigte schon hinaus auf die Straße, wo ein Gendarm vorbeiging, der ein Kinderfahrrad schob. »Das ist das Fahrrad des stummen Schülers!« sagte sie.

Die Kellnerin war mit der Illustrierten in der Hand dazugekommen; gemeinsam schauten sie hinaus. Bloch fragte, ob der Brunnenmacher sich wieder gemeldet habe. Die Pächterin, die nur das Wort »zurückgemeldet« verstanden hatte, fing an, von Soldaten zu reden. Bloch sagte statt dessen »zurückgekommen«, und die Pächterin redete von dem stummen Schüler. »Nicht einmal um Hilfe konnte er rufen!« sagte die Kellnerin, vielmehr, sie las eine Bildunterschrift aus der Illustrierten vor. Die Pächterin erzählte von einem Film, in dem Schuhnägel in den Kuchenteig verrührt worden seien. Bloch fragte, ob die Posten auf den Wachttürmen Feldstecher hatten; jedenfalls glitzere da oben etwas. »Von hier aus sind die Wachttürme gar nicht zu sehen!« antwortete eine der beiden Frauen. Bloch sah, daß sie vom Kuchenbacken Mehl im Gesicht hatten, vor allem auf den Augenbrauen und am Haaransatz.

Er ging in den Hof hinaus, aber als ihm niemand folgte, ging er zurück. Er stellte sich so an den Musikautomaten, daß noch Platz neben ihm blieb. Die Kellnerin, die jetzt hinter der Theke saß, hatte ein Glas zerbrochen. Auf das Geräusch hin war die Pächterin aus der Küche gekommen, hatte aber nicht die Kellnerin angeschaut, sondern ihn. Bloch drehte an dem Knopf hinten am Musikautomaten die Musik leiser. Dann, noch während die Pächterin in der Tür stand, drehte er die Musik wieder lauter. Die Pächterin ging vor ihm durch die Wirtsstube, als ob sie den Raum abgehen wollte. Bloch fragte sie, wieviel sie dem Eigentümer der Gaststätte, dem Gutsbesitzer, Pacht zahlen müsse. Auf diese Frage blieb Hertha stehen. Die Kellnerin kehrte die Scherben auf eine Schaufel. Bloch ging auf Hertha zu, die Pächterin ging an ihm vorbei in die Küche. Bloch folgte ihr.

Da auf dem zweiten Stuhl eine Katze lag, blieb er neben ihr stehen. Sie redete von dem Sohn des Gutsbesitzers, der ihr Freund sei. Bloch stellte sich ans Fenster und fragte sie über ihn aus. Sie beschrieb, was der Sohn des Gutsbesitzers tat. Ungefragt sprach sie weiter. Am Rand des Herds erblickte Bloch ein zweites Einweckglas. Ab und zu sagte er: Ja? In der Arbeitshose am Türrahmen erblickte er einen zweiten Zentimeterstab. Er unterbrach sie und fragte sie, bei welcher Zahl denn sie zu zählen anfange. Sie stockte, hörte sogar auf, das Kerngehäuse aus dem Apfel zu schneiden. Bloch sagte, seit kurzem beobachte er an sich die Gewohnheit, mit dem Zählen erst bei zwei anzufangen; heute morgen zum Beispiel sei er beim Überqueren der Straße beinahe unter ein Auto gekommen, weil er gemeint habe, bis zum zweiten Auto noch genug Zeit zu haben; das erste Auto habe er einfach nicht mitgezählt. Die Pächterin antwortete mit einer Redensart.

Bloch ging zu dem Stuhl und hob ihn hinten an, so daß die Katze heruntersprang. Er setzte sich, rückte aber mit dem Stuhl vom Tisch ab. Dabei stieß er hinten gegen einen Abstelltisch, und eine Bierflasche fiel herunter und rollte unter das Küchensofa. Warum er sich immerzu setze, aufstehe, weggehe, herumstehe, zurückkomme? fragte die Pächterin. Ob er sie damit verspotten wolle? Statt zu antworten, las ihr Bloch einen Witz aus der Zeitungsunterlage für die Apfelabfälle vor. Da die Zeitung, von ihm aus gesehen, verkehrt lag, las er so stockend, daß ihm die Pächterin, indem sie sich vorbeugte, das Lesen abnahm. Draußen lachte die Kellnerin. Drinnen im Schlafzimmer fiel etwas auf den Boden. Kein zweites Geräusch folgte. Bloch, der auch vorher kein Geräusch gehört hatte, wollte nachschauen; aber die Pächterin erklärte, sie habe schon vor einiger Zeit gehört, daß das Kind aufgewacht sei; eben sei es aus dem Bett gestiegen und werde wohl gleich herauskommen und um ein Stück Kuchen betteln. In Wirklichkeit aber hörte Bloch dann ein Geräusch wie ein Wimmern. Es stellte sich heraus, daß das Kind im Schlaf aus dem Bett gefallen war und sich, neben dem Bett, auf dem Boden nicht zurechtfinden konnte. In der Küche erzählte das Kind, daß unter dem Kopfpolster ein paar Fliegen seien. Die Pächterin erklärte Bloch, die Nachbarskinder, die wegen des Todesfalls im eigenen Haus für die Dauer der Aufbahrung hier bei ihr schliefen, hätten die Gewohnheit, mit den Einweckgummis auf die Fliegen an der Wand zu schießen; die auf den Boden gefallenen Fliegen hätten sie dann am Abend unter die Kopfpolster getan.

Nachdem dem Kind einige Sachen in die Hand gedrückt worden waren – die ersten ließ es noch fallen –, beruhigte es sich allmählich wieder. Bloch sah, wie die Kellnerin mit einer hohlen Hand aus dem Schlafzimmer kam und die Fliegen in den Abfalleimer warf. Er sei nicht schuld daran, sagte er. Er sah, wie draußen vor dem Nachbarhaus der Bäckerwagen stehenblieb und wie der Fahrer zwei Brote auf die Haustorstufen legte, unten das schwarze, obenauf das weiße. Die Pächterin schickte das Kind dem Mann entgegen zur Tür; Bloch hörte, wie die Kellnerin an der Theke Wasser über die Hände laufen ließ; er entschuldige sich neuerdings immer, sagte die Pächterin. Wirklich? fragte Bloch. Gleich darauf kam das Kind mit zwei Broten in die Küche zurück. Auch die Kellnerin sah er, wie sie sich die Hände an der Schürze abwischte, während sie auf einen Gast zuging. Was er trinken wolle? Wer? Vorderhand nichts, war die Antwort. Das Kind hatte die Tür zum Gastzimmer zugemacht.

»Jetzt sind wir allein«, sagte Hertha. Bloch schaute auf das Kind, das am Fenster stand und aufs Nachbarhaus schaute. »Das zählt nicht«, sagte sie. Bloch faßte das als Ankündigung auf, daß sie ihm etwas sagen wollte, aber dann merkte er, daß sie damit gemeint hatte, er könnte zu reden anfangen. Bloch fiel nichts ein. Er sagte etwas Obszönes. Sie schickte das Kind sofort hinaus. Er legte die Hand neben sie. Sie fuhr ihn leise an. Er ergriff sie grob am Arm, ließ aber gleich wieder los. Draußen auf der Straße traf er das Kind, das mit einem Strohhalm in dem Verputz an der Hauswand bohrte.

Er schaute durch das offene Fenster in das Nachbarhaus. Auf einem Schragen erblickte er den Toten; daneben stand schon der Sarg. In einer Ecke saß auf einem Schemel eine Frau und tunkte Brot in einen Mostkrug; auf der Bank hinter dem Tisch lag ein junger Bursche auf dem Rükken und schlief; auf seinem Bauch lag eine Katze.

Als Bloch das Haus betrat, rutschte er im Flur fast auf einem Holzscheit aus. Die Bäuerin kam an die Tür, er trat ein und unterhielt sich mit ihr. Der Bursche hatte sich aufgesetzt, sprach aber nicht; die Katze war hinausgelaufen. »Er hat die ganze Nacht Wache halten müssen!« sagte die Bäuerin. Am Morgen habe sie den Burschen ziemlich angetrunken gefunden. Sie drehte sich nach dem Toten um und betete. Zwischendurch wechselte sie das Wasser für die Blumen aus. »Es ist ganz schnell gegangen«, sagte sie, »wir haben das Kind wecken müssen, damit es schnell in den Ort hinein läuft.« Das Kind habe aber dann dem Pfarrer nicht einmal sagen können, was paßiert sei, und die Glocke sei nicht geläutet worden. Bloch merkte, daß der Raum schon geheizt wurde; nach einiger Zeit nämlich war das Holz im Ofen zusammengefallen. »Hol noch etwas Holz herein!« sagte die Bäuerin. Der Bursche kam mit einigen Holzscheiten zurück, die er links und rechts in der Hand trug, und ließ sie neben den Ofen fallen, daß es staubte.

Er setzte sich hinter den Tisch, und die Bäuerin warf die Scheite in den Ofen. »Ein Kind ist uns von Kürbissen erschlagen worden«, sagte sie. Vor dem Fenster gingen zwei alte Frauen vorbei und grüßten herein; auf dem Fensterbrett erblickte Bloch eine schwarze Handtasche; sie war gerade erst gekauft worden, noch nicht einmal das hineingestopfte Papier hatte man herausgenommen. »Auf einmal hat er aufgeschnarcht und ist gestorben«, sagte die Bäuerin.

Bloch konnte in die Wirtsstube gegenüber sehen, wo die Sonne, die schon ziemlich tief stand, so weit hineinschien, daß der untere Teil des Raums, vor allem die frisch eingelassenen Fußbodenbretter und die Beine der Stühle, Tische und Personen an ihrer ganzen Oberfläche wie von selber leuchteten; in der Küche erblickte er den Sohn des Gutsbesitzers, der, an die Tür gelehnt, die Arme über der Brust, auf einige Entfernung zu der Pächterin hin sprach, die wohl noch immer am Tisch saß. Je tiefer die Sonne sank, desto tiefer und weiter entfernt kamen auch Bloch diese Bilder vor. Er konnte nicht wegschauen; erst die Kinder; die auf der Straße hin und her liefen, verscheuchten den Eindruck. Ein Kind kam dann mit einem Blumenstrauß herein. Die Bäuerin steckte den Strauß in ein Trinkglas und stellte das Glas an das Fußende des Schragens. Das Kind blieb stehen. Nach einiger Zeit gab ihm die Bäuerin eine Münze, und das Kind ging hinaus.

Bloch hörte ein Geräusch, als sei jemand im Fußboden eingebrochen. Es war aber wieder nur das Holz im Ofen zusammengefallen. Sobald Bloch sich nicht mehr mit der Bäuerin unterhielt, hatte der Bursche sich auf der Bank ausgestreckt und war wieder eingeschlafen. Später kamen einige Frauen und beteten den Rosenkranz. Von der schwarzen Tafel vor dem Lebensmittelladen wischte jemand die Kreideschrift ab und schrieb dafür: Orangen, Karamellen, Sardinen. Im Raum wurde leise gesprochen, draußen lärmten die Kinder. Eine Fledermaus hatte sich im Vorhang verfangen; durch das Geschrei geweckt, war der Bursche aufgesprungen und hatte sich sofort daraufgestürzt, aber die Fledermaus war schon hinausgeflogen.

Es war eine Dämmerung, in der niemand Lust hatte, das Licht anzuzünden.

Nur die Wirtsstube gegenüber wurde durch die eingeschaltete Musicbox ein wenig beleuchtet; aber es wurden keine Platten gedrückt. Die Küche nebenan war schon finster. Bloch wurde zum Nachtmahl eingeladen und aß mit den andern am Tisch.

Obwohl das Fenster jetzt geschlossen war, flogen in dem Raum Mücken herum. Ein Kind wurde in das Wirtshaus um Bierdeckel geschickt, die dann auf die Trinkgläser gelegt wurden, damit die Mücken nicht hineinfielen. Eine Frau bemerkte, daß sie von ihrer Halskette das Anhängsel verloren hatte. Alle fingen zu suchen an. Bloch blieb am Tisch sitzen. Nach einiger Zeit überkam ihn eine Gier, der Finder zu sein, und er schloß sich den anderen an. Als das Anhängsel in dem Raum nicht gefunden wurde, suchten sie auf dem Gang draußen weiter. Eine Schaufel stürzte um, vielmehr, Bloch fing sie auf, bevor sie ganz umstürzen konnte. Der Bursche leuchtete mit einer Taschenlampe, die Bäuerin kam mit einem Petroleumlicht. Bloch bat um die Taschenlampe und ging auf die Straße hinaus. Er ging gebückt im Schotter herum, aber niemand war ihm gefolgt. Er hörte, wie drinnen im Flur jemand rief, das Anhängsel sei gefunden. Bloch wollte es nicht glauben und suchte weiter. Dann hörte er, wie hinter dem Fenster wieder gebetet wurde. Er legte die Taschenlampe von außen auf das Fensterbrett und ging weg.

Wieder im Ort, setzte sich Bloch in ein Café und schaute beim Kartenspiel zu. Er fing mit dem Spieler, hinter dem er saß, zu streiten an. Die anderen Spieler forderten Bloch auf zu verschwinden. Bloch ging ins Hinterzimmer. Dort wurde ein Lichtbildervortrag gehalten. Bloch schaute eine Zeitlang zu. Es handelte sich um einen Vortrag über Ordenskrankenhäuser in Südostasien. Bloch, der laut dazwischenredete, fing mit den Leuten wieder zu streiten an. Er drehte sich um und ging hinaus.

Er überlegte, ob er zurück hineingehen sollte, aber es fiel ihm nichts ein, was er dann hätte sagen können. Er ging in das zweite Café. Dort wollte er den Ventilator abgeschaltet haben. Die Beleuchtung sei außerdem viel zu matt, sagte er. Als die Kellnerin sich zu ihm setzte, tat er nach einiger Zeit, als wollte er den Arm um sie legen; sie merkte, daß er nur so tun wollte, und lehnte sich zurück, noch bevor er deutlich machen konnte, daß er nur so tun hatte wollen. Bloch wollte sich rechtfertigen, indem er den Arm wirklich um die Kellnerin legte; aber sie war schon aufgestanden. Als Bloch aufstehen wollte, ging die Kellnerin weg. Jetzt hätte Bloch so tun müssen, als wollte er folgen. Aber das war ihm zuviel, und er verließ das Lokal.

In seinem Zimmer im Gasthof wachte er kurz vor dem Morgengrauen auf. Unvermittelt war ihm alles ringsherum unerträglich. Er überlegte, ob er aufgewacht war, gerade weil zu einem gewissen Zeitpunkt, jetzt kurz vor Morgengrauen, mit einem Schlag alles unerträglich wurde. Die Matratze, auf der er lag, war eingesunken, die Schränke und Kommoden standen weit weg an den Wänden, die Dekke über ihm war unerträglich hoch. Es war so still in dem halbdunklen Raum, draußen auf dem Gang und vor allem draußen auf der Straße, daß Bloch es nicht mehr aushielt. Ein heftiger Ekel packte ihn. Er erbrach sofort in das Waschbecken. Er erbrach einige Zeit, ohne Erleichterung. Er legte sich wieder aufs Bett. Er war nicht schwindlig, sah im Gegenteil alles in einem unerträglichen Gleichgewicht. Es nützte nichts, daß er sich aus dem Fenster beugte und die Straße hinunterschaute. Eine Plane lag still über einem abgestellten Auto. Drinnen im Zimmer erblickte er an der Wand die zwei Wasserrohre; sie liefen parallel, wurden begrenzt oben von der Decke, unten vom Fußboden. Alles, was er sah, war auf die unerträglichste Weise abgegrenzt. Der Brechreiz hob ihn nicht etwa auf, sondern drückte ihn noch zusammen. Es kam ihm vor, als hätte ihn ein Stemmeisen von dem, was er sah, abgestemmt, oder als seien vielmehr die Gegenstände ringsherum von ihm abgehoben worden. Der Schrank, das Waschbecken, die Reisetasche, die Tür: erst jetzt fiel ihm auf, daß er, wie in einem Zwang, zu jedem Gegenstand das Wort dazudachte. Jedem Ansichtigwerden eines Gegenstands folgte sofort das Wort nach. Der Stuhl, die Kleiderbügel, der Schlüssel. Es war früher so still geworden, daß keine Geräusche mehr ihn ablenken konnten; und weil es einerseits so hell war, daß er die Gegenstände ringsherum sah, und andrerseits so still, daß keine Geräusche ihn davon ablenken konnten, hatte er die Gegenstände so gesehen, als ob sie gleichzeitig Reklame für sich selber seien. In der Tat war der Ekel ein ähnlicher Ekel, wie er ihn manchmal vor gewissen Reklameversen, Schlagermelodien oder Staatshymnen hatte, die er bis in den Schlaf hinein nachsprechen oder nachsummen mußte. Er hielt den Atem an wie bei einem Schluckauf. Beim Einatmen kam es dann zurück. Wieder hielt er den Atem an. Nach einiger Zeit half es, und er schlief ein.

Am nächsten Morgen konnte er sich das alles gar nicht mehr vorstellen. Die Wirtsstube war schon aufgeräumt, und ein Steuerbeamter ging zwischen den Gegenständen umher und ließ sich vom Wirt die Preise sagen. Der Wirt legte dem Beamten die Rechnungen für die Kaffeemaschine und eine Kühltruhe vor; daß die beiden von Preisen redeten, ließ Bloch seine Zustände in der Nacht um so lächerlicher vorkommen. Er hatte die Zeitungen nach dem ersten Durchblättern weggelegt und hörte nur noch dem Steuerbeamten zu, der sich mit dem Wirt über den Preis eines Speiseeiskastens stritt. Die Mutter des Wirts und das Mädchen kamen dazu; alle redeten durcheinander. Bloch mischte sich ein und fragte, was wohl die Einrichtung eines

Zimmers im Gasthof koste. Der Wirt antwortete, er habe das Mobiliar recht billig von Bauern in der Umgebung gekauft, die entweder weggezogen oder überhaupt ausgewandert seien. Er nannte Bloch einen Preis. Bloch wollte den Preis aufgeteilt für jeden einzelnen Einrichtungsgegenstand wissen. Der Wirt ließ sich von dem Mädchen die Inventarliste des Zimmers geben und nannte zu jedem Gegenstand sowohl den Preis, zu dem er ihn eingekauft hatte, als auch den Preis, zu dem er glaubte, eine Truhe oder einen Schrank weiterverkaufen zu können. Der Steuerbeamte, der bis dahin Notizen gemacht hatte, schrieb nicht mit, sondern bestellte bei dem Mädchen ein Glas Wein. Bloch war zufrieden und wollte weggehen. Der Steuerbeamte erklärte, wenn er einen Gegenstand, zum Beispiel eine Waschmaschine, sehe, erkundige er sich sofort nach dem Preis, und wenn er den Gegenstand dann wiedersehe, zum Beispiel eine Waschmaschine der gleichen Serie, erkenne er sie nicht etwa an den äußeren Merkmalen wieder, also eine Waschmaschine nicht an den Tasten für die Waschprogramme, sondern immer nur daran, was der Gegenstand, zum Beispiel die Waschmaschine, beim ersten Sehen gekostet habe, also am Preis. Den Preis freilich merke er sich ganz genau und erkenne auf diese Weise geradezu jeden Gegenstand wieder. Und wenn der Gegenstand nichts wert sei? fragte Bloch. Mit Gegenständen ohne Handelswert habe er nichts zu tun, antwortete der Steuerbeamte, zumindest nicht in der Berufsausübung.

Der stumme Schüler war noch immer nicht gefunden worden. Zwar hatte man das Rad sichergestellt und suchte nun die Umgebung ab, aber es fiel kein Schuß, der ein Signal hätte sein können, daß einer der Gendarmen auf etwas gestoßen war. Jedenfalls war das Geräusch des Haartrockners hinter dem Wandschirm in dem Friseurladen, in den Bloch dann gegangen war, so laut, daß er draußen nichts hörte. Er ließ sich im Nacken die Haare ausrasieren. Während der Friseur sich die Hände wusch, bürstete das Mädchen Bloch den Kragen ab. Jetzt wurde der Haartrockner abgeschaltet, und er hörte, wie hinter dem Wandschirm Papier umgeblättert wurde. Es gab einen Knall. Aber es war nur ein Lockenwickler hinter dem Wandschirm in eine Blechschüssel gefallen.

Bloch fragte das Mädchen, ob sie in der Mittagspause nach Hause gehe. Das Mädchen antwortete, sie sei nicht aus dem Ort, sie komme jeden Morgen mit dem Zug; zu Mittag setze sie sich in ein Café oder bleibe mit ihrer Kollegin hier im Laden. Bloch fragte, ob sie jeden Tag eine Rückfahrkarte kaufe. Das Mädchen erwiderte, sie fahre mit einer Wochenkarte. »Was kostet die Wochenkarte?« fragte Bloch sofort. Bevor das Mädchen aber antwortete, sagte er, das gehe ihn ja nichts an. Trotzdem nannte das Mädchen den Preis. Die Kollegin hinter dem Wandschirm sagte: »Warum fragen Sie, wenn es Sie nichts angeht?« Bloch, der schon aufgestanden war, las, während er auf das Wechselgeld wartete, noch die Preistafel neben dem Spiegel und ging hinaus.

Er bemerkte an sich eine merkwürdige Sucht, von allem den Preis zu erfahren. Es erleichterte ihn, als er die Scheiben eines Lebensmittelgeschäfts sah, auf die mit weißer Farbe die neu eingetroffenen Waren und ihre Preise geschrieben waren. In einer Obststeige, die vor dem Laden stand, war das Preisschild umgefallen. Er stellte es auf. Die Bewegung genügte, daß jemand herauskam und ihn fragte, ob er etwas kaufen wolle. In einem anderen Laden hatte man einen Schaukelstuhl mit einem langen Kleid drapiert. Ein Preiszettel, in dem eine Stecknadel steckte, lag neben dem Kleid auf dem Schaukelstuhl. Bloch war unschlüssig, ob mit dem Preis der Stuhl oder das Kleid gemeint war; eins von beiden mußte unverkäuflich sein. Er stand so lange davor, bis wieder jemand herauskam und ihn fragte. Er fragte zurück; man antwortete ihm, daß die Stecknadel mit dem Preiszettel aus dem Kleid gefallen sein müsse, es sei aber wohl klar, daß der Preiszettel nicht zu dem Schaukelstuhl gehören könne; dieser sei selbstverständlich Privateigentum. Er habe sich nur erkundigen wollen, sagte Bloch, der schon weiterging. Man rief ihm nach, wo der Schaukelstuhl in gleicher Ausführung zu kaufen sei. Im Café fragte Bloch nach dem Preis des Musikautomaten. Er gehöre ihm nicht, sagte der Wirt, er sei nur geliehen. Das habe er nicht gemeint, antwortete Bloch, er wolle nur den Preis wissen. Erst nachdem ihm der Wirt den Preis genannt hatte, war er zufrieden. Aber er sei sich nicht sicher, sagte der Wirt. Bloch fing nun an, nach anderen Gegenständen im Lokal zu fragen, von denen der Wirt den Preis wissen mußte, weil sie ihm gehörten. Der Wirt redete dann von der Badeanstalt, deren Baukosten den Voranschlag bei weitem überstiegen hätten. »Um wieviel?« fragte Bloch. Der Wirt wußte es nicht. Bloch wurde ungeduldig. »Und wieviel hat der Kostenvoranschlag betragen?« fragte Bloch. Der Wirt konnte wieder nichts sagen. Im letzten Frühjahr jedenfalls habe man in einer Kabine einen Toten gefunden, der den ganzen Winter da gelegen haben mußte. Der Kopf habe in einer Plastiktragetasche gesteckt. Es habe sich bei dem Toten um einen Zigeuner gehandelt. In der Gegend gebe es einige seßhafte Zigeuner; sie hätten sich von der Entschädigung für die Haft in den Konzentrationslagern am Waldrand kleine Unterkünfte gebaut. »Es soll drinnen sehr sauber sein«, sagte der Wirt. Die Gendarmen, die auf der Suche nach dem vermißten Schüler die Bewohner ausgefragt hätten, seien von den frisch gewaschenen Fußböden und überhaupt von der Ordnung in den Innenräumen überrascht gewesen. Aber gerade diese Ordnung, fuhr der Wirt fort, habe den Verdacht eher noch verstärkt; denn ohne Grund hätten die Zigeuner den Fußboden sicher nicht aufgewaschen. Bloch gab nicht nach und fragte, ob denn die Entschädigung für den Bau der Unterkünfte gereicht hätte. Der Wirt konnte nicht sagen, wie hoch die Entschädigung gewesen war. »Damals waren Baumaterial und Arbeitskräfte noch billig«, sagte der Wirt. Bloch drehte neugierig den Kassenzettel um, der unter dem Bierglas klebte. »Ist der etwas wert?« fragte er dann, indem er in die Rocktasche griff und einen Stein auf den Tisch legte. Der Wirt, ohne den Stein in die Hand zu nehmen, antwortete, solche Steine finde man in der Umgebung auf Schritt und Tritt. Bloch erwiderte nichts. Darauf nahm der Wirt den Stein, ließ ihn in der hohlen Hand rollen und legte ihn auf den Tisch zurück. Aus! Bloch steckte den Stein sofort weg.

In der Tür begegneten ihm die beiden Friseurmädchen. Er lud sie ein, mit ihm in ein andres Lokal zu gehen. Die zweite meinte, dort seien keine Platten in der Musicbox. Bloch fragte, was sie damit sagen wolle. Sie antwortete, die Platten in der Musicbox dort seien schlecht. Bloch ging voraus, und sie kamen nach. Sie bestellten etwas zu trinken und wickelten Brote aus. Bloch beugte sich vor und unterhielt sich. Sie zeigten ihm ihre Ausweise. Als er die Hüllen anfaßte, fingen seine Hände sofort zu schwitzen an. Sie fragten ihn, ob er Soldat sei. Die zweite von ihnen war am Abend mit einem Vertreter verabredet; sie würden aber zu viert ausgehen, weil man zu zweit nichts zu reden habe. »Wenn man zu viert ist, sagt einmal der was, dann der. Man erzählt sich Witze.« Bloch wußte nicht, was er antworten sollte. Im Nebenraum kroch ein Kind auf dem Boden. Ein Hund sprang um das Kind herum und leckte ihm übers Gesicht. Das Telefon auf der Theke läutete; solange es läutete, hörte Bloch dem Gespräch nicht zu. Soldaten hätten meistens kein Geld, sagte das Friseurmädchen. Bloch antwortete nicht. Als er auf ihre Hände schaute, erklärten sie, die Fingernägel seien vom Haarfestiger so schwarz geworden. »Es nützt nichts, wenn man darüberlackiert, der Rand bleibt immer schwarz.« Bloch schaute auf. »Die Kleider kaufen wir uns alle fertig.« »Wir frisieren uns gegenseitig.« »Im Sommer wird es schon hell, wenn wir nach Hause kommen.« »Ich tanze lieber langsam.« »Beim Heimfahren machen wir nicht mehr so viel Witze, da vergißt man aufs Sprechen.« Sie nehme alles zu ernst, sagte das erste Friseurmädchen. Gestern auf dem Weg zum Bahnhof habe sie sogar in die Obstgärten nach dem vermißten Schüler geschaut. Bloch hatte die Ausweise, statt sie den beiden zurückzugeben, nur vor sie hin auf den Tisch gelegt, als sei er gar nicht berechtigt gewesen, sie anzuschauen. Er schaute zu, wie der Dunst seiner Fingerabdrücke von den Zellophanhüllen verschwand. Als sie ihn fragten, was er sei, antwortete er, er sei ein Fußballtormann gewesen. Er erklärte, daß Torhüter länger aktiv sein könnten als Feldspieler. »Zamora war schon ziemlich alt«, sagte Bloch. Als Antwort redeten sie von den Fußballspielern, die sie selber kannten. Wenn in ihrem Ort ein Spiel stattfinde, dann stellten sie sich hinter das Tor der auswärtigen Mannschaft und verspotteten den Tormann, damit er nervös würde. Die meisten Tormänner hätten O-Beine.

Bloch bemerkte, daß jedesmal, wenn er etwas erwähnte und davon erzählte, die beiden mit einer Geschichte antworteten, die sie selber mit dem erwähnten oder einem ähnlichen Gegenstand erlebt hatten oder die sie jedenfalls vom Hörensagen von dem Gegenstand wußten. Sprach Bloch zum Beispiel von den Rippenbrüchen, die er sich als Tormann zugezogen hatte, so antworteten sie, daß vor einigen Tagen in dem Sägewerk hier ein Sägearbeiter von einem Bretterstapel gefallen sei und sich ebenfalls einen Rippenbruch zugezogen habe; und erwähnte Bloch darauf, daß ihm die Lippen mehrfach genäht worden seien, so erzählten sie ihm als Antwort von einem Boxkampf im Fernsehen, wobei dem Boxer gleichfalls die Augenbraue aufgeplatzt sei; und als Bloch erzählte, bei einem Sprung sei er einmal gegen den Torpfosten geprallt und habe sich dabei die Zunge gespalten, erwiderten sie sofort, daß auch der stumme Schüler eine gespaltene Zunge habe.

Außerdem sprachen sie von Dingen und vor allem von Personen, die er nicht kennen konnte, als ob er sie kennen müßte und eingeweiht sei. Maria habe Otto die Krokodilledertasche auf den Kopf geschlagen. Der Onkel sei hinunter in den Keller gekommen, habe Alfred in den Hof gejagt und die italienische Köchin mit einer Birkenrute geschlagen. Eduard habe sie an der Abzweigung aussteigen lassen, so daß sie mitten in der Nacht zu Fuß nach Hause gehen mußte; sie sei durch den Kindsmörderwald gegangen, damit Walter und Karl sie nicht auf dem Ausländerweg gehen sahen, und habe schließlich die Ballschuhe ausgezogen, die ihr Herr Friedrich geschenkt habe. Bloch dagegen erklärte zu jedem Namen, um wen es sich dabei handelte. Sogar Gegenstände, die er erwähnte, beschrieb er, um sie zu erklären. Wenn der Name Viktor fiel, fügte Bloch hinzu: »Ein Bekannter von mir«; und wenn er von einem indirekten Freistoß erzählte, beschrieb er nicht nur, was ein indirekter Freistoß sei, sondern erklärte überhaupt, während die Friseurmädchen auf die Fortsetzung der Erzählung warteten, ihnen die Freistoßregeln; und sogar, wenn er eine Ecke erwähnte, die ein Schiedsrichter gegeben habe, glaubte er, ihnen die Erklärung, daß es sich dabei nicht um die Ecke eines Raums handle, geradezu schuldig zu sein. Je länger er sprach, desto weniger natürlich kam Bloch vor, was er redete. Allmählich schien ihm gar jedes Wort einer Erklärung zu bedürfen. Er mußte sich beherrschen, um nicht mitten im Satz ins Stocken zu geraten. Ein paarmal, wenn er einen Satz, den er gerade sagte, vorausdachte, versprach er sich; wenn das, was die Friseurmädchen sagten, genauso ausging, wie er es beim Zuhören mitgedacht hatte, konnte er zunächst nicht antworten. Solange sie noch vertraut miteinander gesprochen hatten, hatte er auch die Umgebung ringsherum immer mehr vergessen; nicht einmal den Hund und das Kind im Nebenraum hatte er mehr gesehen; aber als er dann stockte und nicht weiter wußte und schließlich nach Sätzen suchte, die er noch sagen könnte, wurde die Umgebung wieder auffällig, und er sah überall Einzelheiten. Endlich fragte er, ob Alfred ihr Freund sei; ob immer eine Birkenrute auf dem Schrank liege; ob Herr Friedrich ein Vertreter sei; und ob der Ausländerweg deswegen so heiße, weil er vielleicht an einer Ausländersiedlung vorbeiführe. Sie antworteten ihm bereitwillig, und nach und nach nahm Bloch statt der gebleichten Haare mit den dunklen Haarwurzeln, statt der einzelnen Brosche am Hals, statt eines schwarzen Fingernagels, statt des einzelnen Pickels in der ausrasierten Augenbraue, statt des geplatzten Futters am leeren Kaffeehausstuhl wieder Umrisse, Bewegungen, Stimmen, Ausrufe und Gestalten wahr, alles in einem. Mit einer einzigen ruhigen, schnellen Bewegung fing er auch die Handtasche auf, die plötzlich vom Tisch gekippt war. Das erste Friseurmädchen bot ihm einen Bissen von ihrem Brot an, und als sie es ihm hinhielt, biß er ganz selbstverständlich hinein.

Draußen hörte er, daß den Schülern schulfrei gegeben worden sei, damit alle nach dem Mitschüler suchen könnten. Sie hatten aber nur einige Gegenstände gefunden, die, bis auf einen zerbrochenen Taschenspiegel, nichts mit dem Vermißten zu tun hatten. Der Taschenspiegel sei an Hand der Plastikhülle als das Eigentum des stummen Schülers identifiziert worden. Obwohl man den Umkreis des Fundorts besonders sorgfältig abgesucht habe, sei man auf keine weiteren Anhaltspunkte gestoßen. Der Gendarm, der Bloch das erzählte, fügte hinzu, daß einer der Zigeuner seit dem Abgängigkeitstag unbekannten Aufenthalts sei. Bloch wunderte sich, daß der Gendarm, noch dazu auf der anderen Straßenseite, stehengeblieben war und ihm das hergerufen hatte. Er fragte zurück, ob man denn schon die Badeanstalt durchsucht habe. Der Gendarm antwortete, das Bad sei abgesperrt, da komme niemand hinein, nicht einmal ein Zigeuner.

Außerhalb des Ortes bemerkte Bloch, daß die Maisfelder fast ganz niedergetrampelt waren, so daß zwischen den geknickten Stengeln die gelben Kürbisblüten sichtbar wurden; mitten im Maisfeld, immer im Schatten, hatten sie erst jetzt zu blühen angefangen. Überall auf der Straße lagen die abgebrochenen Maiskolben, zum Teil abgeschält und von den Schülern angebissen; daneben lag schwarzer, aus den Kolben gerissener Maisbart. Schon im Ort hatte Bloch gesehen, wie sie, während sie auf den Autobus warteten, einander mit den zusammengeballten schwarzen Fasern bewarfen. Der Maisbart war so feucht, daß jedesmal, wenn Bloch auf ein Büschel trat, Wasser herausquoll und es quietschte, als ob er auf sumpfigem Boden ginge. Beinahe stolperte er über ein überfahrenes Wiesel, dem es die Zunge ziemlich weit aus dem Maul herausgetrieben hatte. Bloch blieb stehen und berührte mit der Schuhspitze die lange schmale, von Blut schwarze Zunge: sie war hart und starr. Er schob das Wiesel mit dem Fuß an die Böschung und ging weiter.

An der Brücke bog er von der Straße ab und ging den Bach entlang auf die Grenze zu. Allmählich schien der Bach tiefer zu werden, jedenfalls floß das Wasser immer langsamer. Die Haselnußbüsche zu beiden Seiten wuchsen so weit über den Bach, daß man die Wasseroberfläche fast nicht mehr sah. Ziemlich weit weg knarrte eine Sense beim Mähen. Je langsamer das Wasser floß, desto trüber schien es zu werden. Vor einer Biegung hörte der Bach ganz zu fließen auf, und das Wasser wurde ganz undurchsichtig. In großer Entfernung konnte man einen Traktor knattern hören, als ob er mit alldem nichts zu tun habe. Schwarze Büschel von überreifen Holunderbeeren hingen zwischen dem Dickicht. Auf dem unbewegten Wasser standen kleine Ölflecke.

Man sah, wie aus dem Untergrund des Wassers ab und zu Blasen aufstiegen. Die Enden der Haselnußzweige hingen schon in den Bach hinein. Jetzt konnte kein Geräusch von außen mehr ablenken. Kaum daß die Blasen an der Oberfläche waren, sah man sie wieder verschwinden. Etwas sprang so schnell heraus, daß man nicht erkennen konnte, ob es ein Fisch gewesen war.

Als Bloch sich nach einiger Zeit unvermittelt bewegte, gab es überall in dem Wasser ein Blubbern. Er betrat einen Steg, der über den Bach führte, und schaute regungslos auf das Wasser hinunter. Das Wasser war so ruhig, daß die Oberseite der Blätter, die darauf schwammen, ganz trocken blieb.

Man sah die Wasserläufer hin- und herlaufen und darüber, ohne den Kopf zu heben, einen Mückenschwarm. An einer Stelle kräuselte sich das Wasser ein wenig. Wieder klatschte es, als ein Fisch aus dem Wasser sprang. Am Rand sah man eine Kröte auf der andern sitzen. Ein Lehmbrocken löste sich vom Ufer, und wieder blubberte es überall unter dem Wasser. Die kleinen Vorgänge auf der Wasseroberfläche kamen einem so wichtig vor, daß man, wenn sie sich wiederholten, gleichzeitig ihnen dabei zuschaute und sich schon an sie erinnerte. Und die Blätter bewegten sich so langsam auf dem Wasser, daß man ohne Wimpernzucken zuschauen wollte, bis die Augen brannten, aus Angst, man könnte mit dem Wimpernzucken die Bewegung der Wimpern vielleicht mit der Bewegung der Blätter verwechseln. In dem lehmigen Wasser spiegelten sich nicht einmal die Zweige, die fast schon hineintauchten.

Außerhalb des Gesichtsfeldes gab es etwas, was Bloch, der starr auf das Wasser hinabschaute, zu stören begann. Er zwinkerte, als ob es an seinen Augen liege, blickte aber nicht hin. Allmählich geriet es in seinen Gesichtskreis. Eine Zeitlang sah er es, ohne es wahrzunehmen; sein ganzes Bewußtsein schien ein blinder Fleck zu sein. Dann, wie wenn in einem komischen Film jemand so nebenbei eine Kiste öffnet und weiterplappert und dann erst stockt und zur Kiste zurückstürzt, erblickte er unter sich im Wasser die Leiche eines Kindes.

Er war dann zur Straße zurückgegangen. In der Kurve, wo die letzten Häuser vor der Grenze standen, kam ihm ein Gendarm auf einem Moped entgegen; er sah ihn schon vorher in dem Kurvenspiegel; dann erschien er wirklich in der Kurve, aufrecht auf dem Fahrzeug sitzend, mit weißen Handschuhen, die eine Hand auf der Lenkstange, die andre auf dem Bauch; die Reifen waren lehmbeschmutzt; in den Speichen flatterte ein Rübenblatt. Das Gesicht des Gendarmen verriet nichts. Je länger Bloch der Figur auf dem Moped nachschaute, desto mehr kam es ihm vor, als schaute er langsam von einem Zeitungsblatt auf und blickte durch ein Fenster hinaus in das Freie: der Gendarm entfernte sich immer mehr und ging ihn immer weniger an. Zugleich fiel Bloch auf, daß er das, was er sah, während er dem Gendarmen nachschaute, für kurze Zeit nur wie einen Vergleich für etwas anderes sah. Der Gendarm verschwand aus dem Bild, und Blochs Aufmerksamkeit wurde ganz oberflächlich. Im Grenzgasthaus, wohin er dann ging, traf er, obwohl die Tür zur Wirtsstube offen war, zunächst niemanden.

Er stand eine Zeitlang da, öffnete dann noch einmal die Tür und schloß sie ausführlich von innen. Er setzte sich an einen Tisch in der Ecke und wartete, indem er die Kugeln hin und her schob, mit denen die gewonnenen Spiele im Kartenspiel gezählt wurden. Schließlich mischte er die Karten, die zwischen den Kugelreihen steckten, und spielte mit sich selber. Er geriet in eine Spielwut; eine Karte fiel ihm unter den Tisch. Er bückte sich und sah unter einem andern Tisch, zwischen Stühlen, die von allen Seiten davorgestellt waren, das Kind der Pächterin hocken. Bloch richtete sich auf und spielte weiter; die Karten waren so abgegriffen, daß ihm jede einzelne Karte dick aufgetrieben vorkam. Er sah in das Zimmer des Nachbarhauses hinein, wo der Schragen schon leerstand; die Fensterflügel waren weit offen. Draußen auf der Straße riefen jetzt Kinder, und das Kind unter dem Tisch schob schnell die Stühle weg und lief hinaus.

Die Kellnerin kam vom Hof herein. Wie eine Antwort darauf, daß sie ihn da sitzen sah, sagte sie, die Pächterin sei zum Schloß gegangen, um den Pachtvertrag erneuern zu lassen. Der Kellnerin war ein Bursche gefolgt, der mit jeder Hand eine Kiste voll Bierflaschen schleppte; trotzdem hatte er den Mund nicht geschlossen. Bloch sprach ihn an, aber die Kellnerin sagte, er solle ihn nicht ansprechen, er könne nicht reden, wenn er so schwere Lasten trage. Der Bursche, der, wie es schien, etwas schwachsinnig war, hatte die Kisten hinter die Theke gestapelt. Die Kellnerin sagte zu ihm: »Hat er wieder die Asche auf das Bett geschüttet statt in den Bach hinein? Springt er nicht mehr die Ziegen an? Hackt er wieder die Kürbisse auf und beschmiert sich dann das Gesicht?« Sie stellte sich mit einer Bierflasche an die Tür, aber er antwortete nicht. Als sie ihm die Flasche zeigte, kam er auf sie zu. Sie gab ihm die Flasche und ließ ihn hinaus. Ein Katze stürzte herein, sprang in die Luft nach einer Fliege und fraß die Fliege sofort auf. Die Kellnerin hatte die Tür zugemacht. Während die Tür offengewesen war, hatte Bloch im Zollwachehaus nebenan das Telefon läuten hören.

Hinter dem Burschen her ging Bloch dann zum Schloß; er ging langsam, weil er ihn nicht überholen wollte; er schaute ihm zu, wie er mit heftigen Gesten in einen Birnbaum hinaufzeigte, und hörte ihn sagen: »Bienenschwarm!«, und er glaubte auch auf den ersten Blick, dort oben wirklich einen Bienenschwarm hängen zu sehen, bis er, als er die anderen Bäume angeschaut hatte, erkannte, daß hier und da an manchen Stellen nur die Baumstämme verdickt waren. Er sah, wie der Bursche, als wollte er beweisen, daß es sich um einen Bienenschwarm handelte, die Flasche in die Baumkrone hinaufwarf. Der Bierrest spritzte gegen den Stamm, die Flasche fiel ins Gras auf einen Haufen von faulen Birnen, und von den Birnen schwirrten sofort Fliegen und Wespen auf. Während Bloch dann neben dem Burschen herging, hörte er, wie er von einem ›Badenärrischen‹ erzählte, den er gestern im Bach beim Baden gesehen habe; die Finger seien ihm ziemlich verschrumpelt gewesen, vor dem Mund habe er eine große Schaumkugel gehabt. Bloch fragte ihn, ob er selber schwimmen könne. Er sah, wie der Bursche die Lippen aufriß und heftig nickte, hörte dann aber, wie er ›nein‹ sagte. Bloch ging voraus, hörte ihn noch weiterreden, schaute aber nicht mehr zurück.

Vor dem Schloß klopfte er an das Fenster des Pförtnerhauses. Er trat so nahe an die Scheibe heran, daß er hineinschauen konnte. Auf dem Tisch stand eine Wanne voll Pflaumen. Der Pförtner, der auf dem Sofa lag, war gerade aufgewacht; er gab ihm Zeichen, von denen Bloch nicht wußte, wie er auf sie antworten sollte. Er nickte. Der Pförtner kam mit einem Schlüssel heraus, sperrte das Tor auf, drehte sich aber gleich wieder um und ging voraus. Ein Pförtner mit einem Schlüssel! dachte Bloch; wieder kam es ihm vor, als sollte er das alles nur im übertragenen Sinn sehen. Er bemerkte, daß der Pförtner vorhatte, ihn durch das Gebäude zu führen. Er nahm sich vor, das Mißverständnis aufzuklären; aber obwohl der Pförtner kaum redete, ergab sich keine Gelegenheit. Auf die Tür des Eingangs, durch den sie eintraten, waren überall Fischköpfe genagelt. Bloch hatte zu einer Erklärung angesetzt, aber er mußte den richtigen Augenblick wieder verpaßt haben. Sie waren schon eingetreten.

In der Bibliothek las der Pförtner ihm aus den Büchern vor, wie viele Teile der Ernte früher die Bauern dem Gutsherrn als Pachtzins abliefern mußten. Bloch kam nicht dazu, ihn an dieser Stelle zu unterbrechen, weil der Pförtner gerade eine lateinische Eintragung übersetzte, die von einem unbotmäßigen Bauern handelte. ›Er mußte den Hof verlassen‹, las der Pförtner, ›und einige Zeit darauf fand man ihn im Wald mit den Füßen an einem Ast hängen, den Kopf in einem Ameisenhaufen.‹ Das Zinsbuch war so dick, daß es der Pförtner mit beiden Händen zukippen mußte. Bloch fragte, ob das Haus bewohnt sei. Der Pförtner antwortete, der Zutritt zu den Privaträumen sei nicht gestattet. Bloch hörte ein Klicken, aber der Pförtner hatte nur das Buch wieder abgeschlossen. »Die Dunkelheit in den Fichtenwäldern«, zitierte der Pförtner aus dem Kopf, »hatte ihn um den Verstand gebracht.« Vor dem Fenster gab es ein Geräusch, als löse sich ein schwerer Apfel von einem Zweig. Der Aufprall aber blieb aus. Bloch schaute hinaus und sah, daß im Garten der Gutsbesitzerssohn mit einer langen Stange, an deren Ende ein an den Rändern gezackter Sack befestigt war, die Äpfel an den Zacken in den Sack hineinriß, während unten im Gras, mit ausgebreiteter Schürze, die Pächterin stand.

Im Nebenraum hingen Tafeln mit Schmetterlingen. Der Pförtner zeigte ihm, wie fleckig seine Hände vom Präparieren geworden seien. Trotzdem waren viele Schmetterlinge von den Nadeln, an denen sie steckten, heruntergefallen; Bloch sah unter den Tafeln den Staub auf dem Boden. Er trat näher und betrachtete die Schmetterlingsreste, die noch von den Nadeln festgehalten wurden. Als der Pförtner hinter ihm die Tür schloß, fiel von einer Tafel außerhalb seines Gesichtskreises etwas herab und zerstäubte schon im Fallen. Bloch sah ein Nachtpfauenauge, das von einem wolligen grünlichen Schimmer fast überwuchert schien. Er beugte sich weder vor, noch trat er zurück. Er las die Beschriftungen unter den leeren Stecknadeln. Manche Falter hatten ihre Gestalt schon so verändert, daß man sie nur noch an den Bezeichnungen darunter erkannte. »Eine Leiche im Wohnzimmer«, zitierte der Pförtner, der schon in der Tür zum nächsten Raum stand. Draußen schrie jemand auf, und ein Apfel schlug auf den Boden. Bloch, der aus dem Fenster schaute, sah, wie ein leerer Zweig zurückgeschnellt war. Die Pächterin legte den zu Boden gefallenen Apfel zu dem Haufen der andern beschädigten Äpfel.

Später kam eine auswärtige Schulklasse dazu, und der Pförtner hatte die Führung unterbrochen und von vorn angefangen. Bloch benutzte die Gelegenheit und entfernte sich.

Wieder auf der Straße, setzte er sich neben einer Postautobushaltestelle auf eine Bank, die, wie ein Messingschild daran besagte, von der Sparkasse des Ortes gestiftet worden war. Die Häuser standen so weit entfernt, daß sie sich kaum mehr voneinander unterschieden; als die Glocken zu läuten anfingen, waren sie in dem Glockenturm nicht zu erkennen. Ein Flugzeug flog so hoch über ihm, daß er es nicht sehen konnte; nur einmal blinkte es. Neben ihm auf der Bank war eine eingetrocknete Schneckenspur. Unter der Bank war das Gras noch naß vom Tau der letzten Nacht; die Zellophanhülle einer Zigarettenschachtel war dunstig beschlagen. Links von sich sah er ... Rechts von ihm war ... Hinter sich sah er ... Er wurde hungrig und ging weiter.

Zurück im Gasthaus. Bloch bestellte einen Aufschnitt. Die Kellnerin schnitt mit einer Brotschneidemaschine Brot und Wurst und brachte ihm die Wurstblätter auf einem Teller; obenauf hatte sie etwas Senf gedrückt. Bloch aß, es wurde schon finster. Draußen hatte sich ein Kind beim Spielen so gut versteckt, daß es nicht gefunden wurde. Erst als man zu spielen aufgehört hatte, sah Bloch es auf der leeren Straße gehen. Er schob den Teller von sich weg, schob auch den Bierdeckel von sich weg, schob den Salzstreuer von sich weg.

Die Kellnerin brachte das Kind ins Bett. Später kam das Kind in die Wirtsstube zurück und lief im Nachthemd zwischen den Leuten hin und her. Vom Fußboden schwirrten ab und zu Motten auf. Die Pächterin trug das Kind nach ihrer Rückkehr wieder ins Schlafzimmer.

Die Vorhänge wurden zugezogen, und die Wirtsstube wurde voll. An der Theke sah man einige Burschen stehen, die jedesmal, wenn sie lachten, einen Schritt zurücktraten. Daneben standen Mädchen mit Ballonseidenmänteln, als ob sie gleich wieder gehen wollten. Man sah, wie einer der Burschen was erzählte und wie die anderen Burschen starr wurden, kurz bevor sie alle auf einmal vor Lachen aufschrien. Wer saß, saß möglichst an der Wand. Man sah den Greifer in der Musicbox nach einer Platte fassen, man sah, wie der Tonarm zuschlug, man hörte, wie einige, die auf ihre Platten warteten, verstummten; es nützte nichts, es änderte nichts. Und es änderte nichts, daß man, als die Kellnerin den Arm müde hängen ließ, unter dem Westenärmel heraus die Armbanduhr aufs Handgelenk rutschen sah, daß der Hebel der Kaffeemaschine langsam hinaufging und daß man hörte, wie jemand, bevor er die Streichholzschachtel aufmachte, sie ans Ohr hielt und schüttelte. Man sah, wie längst leere Gläser immer wieder angesetzt wurden, wie die Kellnerin ein Glas anhob, um zu prüfen, ob sie es mitnehmen könnte, wie die Burschen sich scherzhaft ohrfeigten. Nichts half. Es wurde erst wieder ernst, als jemand rief, daß er zahlen wolle.

Bloch war ziemlich betrunken. Alle Gegenstände schienen außer seiner Reichweite zu sein. Er war so entfernt von den Vorgängen, daß er selber in dem, was er sah oder hörte, gar nicht mehr vorkam. Wie Luftaufnahmen! dachte er, während er die Geweihe und Hörner an der Wand anschaute. Die Geräusche kamen ihm vor wie die Nebengeräusche, wie das Husten und Räuspern bei Gottesdienstübertragungen im Radio.

Später trat der Sohn des Gutsbesitzers herein. Er trug Knickerbocker und hängte seinen Mantel so dicht neben Bloch auf, daß dieser sich zur Seite beugen mußte.

Die Pächterin setzte sich zu dem Sohn des Gutsbesitzers, und man hörte, wie sie ihn im Sitzen fragte, was er trinken wolle, und wie sie die Bestellung dann der Kellnerin zurief. Eine Zeitlang sah Bloch beide aus einem Glas trinken; sooft der Bursche etwas sagte, stieß ihn die Pächterin darauf in die Seite; und als sie mit der flachen Hand schnell über das Gesicht des Burschen fuhr, sah man ihn nach der Hand schnappen und darüberlecken. Dann hatte sich die Pächterin an einen andern Tisch gesetzt, wo sie, indem sie dort einem Burschen durch das Haar fuhr, ihre geschäftsmäßigen Bewegungen fortsetzte. Der Sohn des Gutsbesitzers war wieder aufgestanden und hatte hinter Bloch in den Mantel nach den Zigaretten gegriffen. Als Bloch auf die Frage, ob der Mantel ihn störe, den Kopf schüttelte, hatte er bemerkt, daß er schon seit einiger Zeit nicht vom Fleck geschaut hatte. Bloch rief: »Zahlen!«, und wieder schienen für kurze Zeit alle ernst zu werden. Die Pächterin, die gerade mit zurückgelegtem Kopf eine Weinflasche öffnete, gab der Kellnerin, die hinter der Theke stand und Gläser wusch, die sie auf eine Schaumgummiunterlage stellte, die das Wasser aufsaugte, ein Zeichen, und die Kellnerin kam durch die Burschen, die um die Theke standen, auf ihn zu und gab ihm als Wechselgeld mit Fingern, die kalt waren, Münzen heraus, die naß waren, die er sofort, indem er aufstand, in die Tasche steckte; ein Witz, dachte Bloch; vielleicht kam ihm der Vorgang deswegen so umständlich vor, weil er betrunken war.

Er stand auf und ging zur Tür; er öffnete die Tür und ging hinaus – es war alles in Ordnung.

Um sicher zu sein, blieb er eine Zeitlang so stehen. Ab und zu kam einer heraus und verrichtete die Notdurft. Andere, die neu dazukamen, fingen schon draußen, wenn sie die Musicbox hörten, mitzusingen an. Bloch entfernte sich.

Zurück im Ort; zurück im Gasthof; zurück im Zimmer. Ganze neun Wörter, dachte Bloch erleichtert. Er hörte, wie über ihm das Badewasser abgelassen wurde; jedenfalls hörte er ein Gurgeln, zuletzt ein Schnaufen und Schmatzen.

Er mußte kaum eingeschlafen sein, als er wieder aufwachte. Es kam ihm im ersten Moment vor, als sei er aus sich selber herausgefallen. Er bemerkte, wie er in einem Bett lag. Nicht transportfähig! dachte Bloch. Ein Auswuchs! Er nahm sich selber wahr, als sei er plötzlich ausgeartet. Er traf nicht mehr zu; war, mochte er auch noch so still liegen, ein einziges Getue und Gewürge; so überdeutlich und grell lag er da, daß er auf kein einziges Bild ausweichen konnte, mit dem er vergleichbar wäre. Er war, wie er da war, etwas Geiles, Obszönes, Unangebrachtes, durch und durch Anstoßerregendes; verscharren! dachte Bloch, verbieten, entfernen! Er glaubte sich selber unangenehm zu betasten, merkte dann aber, daß nur sein Bewusstsein von sich so heftig war, daß er es als Tastsinn auf der ganzen Körperoberfläche spürte; als ob das Bewußtsein, als ob die Gedanken handgreiflich, ausfällig, tätlich gegen ihn selber geworden seien. Wehrlos, abwehrunfähig lag er da; ekelhaft das Innere nach außen gestülpt; nicht fremd, nur widerlich anders. Es war ein Ruck gewesen, und mit einem Ruck war er unnatürlich geworden, war er aus dem Zusammenhang gerissen worden. Er lag da, unmöglich, so wirklich; kein Vergleich mehr. Sein Bewußtsein von sich selber war so stark, daß er Todesangst hatte. Er schwitzte. Eine Münze fiel zu Boden und rollte unter das Bett; er horchte auf: ein Vergleich? Dann war er eingeschlafen.

Wieder das Aufwachen. Zwei, drei, vier, fing Bloch zu zählen an. Sein Zustand hatte sich nicht verändert, aber er mußte sich im Schlaf an ihn gewöhnt haben. Er steckte die Münze ein, die unter das Bett gefallen war, und ging hinunter. Wenn er aufpaßte und sich vorstellte, gab noch immer ein Wort schön das andre. Ein regnerischer Oktobertag; ein früher Morgen; eine staubige Fensterscheibe: es funktionierte. Er grüßte den Wirt; der Wirt legte gerade die Zeitungen in ihre Halter; das Mädchen schob ein Tablett in die Durchreiche zwischen Küche und Wirtsstube: es funktionierte noch immer. Wenn er sich in Acht nahm, konnte es, eins nach dem andern, weitergehen: er setzte sich an den Tisch, an den er sich immer setzte; er schlug die Zeitung auf, die er jeden Tag aufschlug; er las die Notiz in der Zeitung, die besagte, daß man im Mordfall Gerda T. eine heiße Spur verfolgte, die in den südlichen Landesteil führte; die Kritzeleien auf dem Rand der in der Wohnung der Toten gefundenen Zeitung hätten die Untersuchung weitergebracht. Ein Satz ergab den nächsten Satz. Und dann, und dann, und dann ... Man konnte einige Zeit im Voraus beruhigt sein.

Nach einiger Zeit ertappte sich Bloch, obwohl er eigentlich immer noch in der Wirtsstube saß und vor sich aufzählte, was draußen auf der Straße vor sich ging, daß ihm ein Satz bewußt wurde, der lautete: ›Er war eben zu lange unbeschäftigt gewesen.‹ Da Bloch der Satz als ein Abschlußsatz erschien, überlegte er zurück, wie er daraufgekommen war. Was war vorher gewesen? Ja! Vorher, wie ihm jetzt einfiel, hatte er gedacht: ›Vom Schuß überrascht, hatte er den Ball durch die Beine rollen lassen.‹ Und vor diesem Satz hatte er an die Fotografen gedacht, die ihn hinter dem Tor irritierten. Und davor: ›Hinter ihm war jemand stehengeblieben, hatte dann aber nur seinem Hund gepfiffen.‹ Und vor diesem Satz? Vor dem Satz hatte er an eine Frau gedacht, die in einem Park stehengeblieben war, sich umgedreht hatte und etwas hinter ihm angeschaut hatte, wie man nur ein unfolgsames Kind anschauen konnte.

Und davor? Davor hatte der Wirt von dem stummen Schüler erzählt, der von einem Zollwachebeamten kurz vor der Grenze tot aufgefunden worden sei. Und vor dem Schüler hatte er an den Ball gedacht, der kurz vor der Linie aufgesprungen war. Und vor dem Gedanken an den Ball hatte er auf der Straße das Marktweib von ihrem Schemel aufspringen und einem Schüler nachlaufen sehen. Und dem Marktweib war ein Satz in der Zeitung vorausgegangen: ›Der Tischlermeister wurde bei der Verfolgung des Diebes dadurch behindert, daß er noch seine Schürze umhatte.‹ Den Satz in der Zeitung aber hatte er gelesen, als er daran dachte, wie ihm bei einer Schlägerei der Rock hinten über die Arme gezogen wurde. Und auf die Schlägerei war er gekommen, als er mit dem Schienbein schmerzhaft an den Tisch gestoßen war. Und davor? Es fiel ihm nicht mehr ein, was ihn dazu gebracht hatte, mit dem Schienbein an den Tisch zu stoßen. Er suchte in dem Vorgang einen Anhaltspunkt für das, was davor gewesen sein könnte: hatte es mit der Bewegung zu tun? Oder mit dem Schmerz? Oder mit dem Geräusch von Tisch und Schienbein? Aber es ging nicht weiter zurück. Dann erblickte er vor sich in der Zeitung das Foto einer Wohnungstür, die man, weil eine Leiche dahinter lag, hatte aufbrechen müssen. Mit dieser Wohnungstür also, dachte er, hatte es angefangen, bis er sich dann bei dem Satz ›Er war zu lange unbeschäftigt gewesen‹ wiedergefunden hatte.

Eine Zeitlang war es dann gutgegangen; die Lippenbewegungen der Leute, mit denen er sprach, stimmten mit dem überein, was er von ihnen hörte; die Häuser bestanden nicht nur aus Vorderseiten; von der Laderampe der Molkerei wurden schwere Mehlsäcke in den Lagerraum geschleppt; wenn jemand weit unten an der Straße etwas rief, hörte es sich wirklich so an, als käme es von dort unten; die Leute, die auf dem gegenüberliegenden Gehsteig vorbeigingen, schienen für das Vorbeigehen im Hintergrund nicht bezahlt zu werden; der Bursche mit dem Heftpflaster unter dem Auge hatte eine echte Blutkruste; und der Regen schien nicht nur im Vordergrund des Bildes niederzugehen, sondern im ganzen Gesichtskreis. Bloch fand sich dann unter dem Vordach einer Kirche. Er mußte durch eine Seitengasse hierhergeraten sein und sich unter das Dach gestellt haben, als es zu regnen anfing.

In der Kirche drinnen, das fiel ihm auf, war es heller, als er gedacht hatte. So konnte er, nachdem er sich gleich in eine Bank gesetzt hatte, über sich das Deckengemälde anschauen. Nach einiger Zeit erkannte er es wieder: es war in dem Prospekt, der in allen Zimmern des Gasthofs herumlag, abgebildet gewesen. Bloch, der ein Blatt eingesteckt hatte, weil darin auch Ortschaft und ihre Umgebung mit Straßen und Wegen skizziert waren, zog den Prospekt heraus und las, daß an Vorder- und Hintergrund des Gemäldes verschiedene Maler gearbeitet hatten; die Figuren im Vordergrund seien schon lange fertiggestellt gewesen, als der andere Maler noch immer den Hintergrund ausgemalt habe. Bloch schaute von dem Blatt in das Gewölbe hinauf; die Figuren, weil er sie nicht kannte – es handelte sich wohl um irgendwelche Gestalten aus der Biblischen Geschichte –, langweilten ihn; trotzdem war es angenehm, während es draußen immer heftiger regnete, hinauf in das Gewölbe zu schauen. Das Gemälde erstreckte sich über die ganze Kirchendecke hinweg; der Hintergrund stellte einen ziemlich unbewölkten, fast gleichförmig blauen Himmel dar; hier und da sah man ein paar Schäferwolken; an einer Stelle, ziemlich weit über den Figuren, war ein Vogel gemalt. Bloch schätzte, wie viele Quadratmeter der Maler hatte ausmalen müssen. Ob es schwierig gewesen war, so gleichmäßig blau zu malen? Es handelte sich um ein Blau, das so hell war, daß man die Farbe wohl mit Weiß hatte mischen müssen. Und wenn man sie mischte, hatte man darauf zu achten, daß der Blauton sich nicht von Maltag zu

Maltag änderte? Andrerseits war das Blau wiederum nicht ganz und gar gleichmäßig, sondern wechselte innerhalb eines Pinselstrichs. Man konnte also die Decke nicht einfach mit einer gleichmäßig blauen Farbe anstreichen, sondern mußte richtig ein Bild malen? Der Hintergrund wurde nicht dadurch zum Himmel, daß man blindlings mit einem möglichst großen Pinsel, vielleicht sogar einem Besen, die Farbe in den noch dazu immer notwendig nassen Mörtel strich, sondern, überlegte Bloch, der Maler mußte richtig einen Himmel malen, mit kleinen Änderungen im Blau, die aber wieder nicht so deutlich sein durften, daß man sie für einen Fehler beim Mischen hielt. Wirklich sah auch der Hintergrund nicht deswegen wie ein Himmel aus, weil man gewohnt war, sich im Hintergrund den Himmel zu denken, sondern weil der Himmel dort Strich für Strich hingemalt war. Er war so genau hingemalt, dachte Bloch, daß er einem fast gezeichnet vorkam; viel genauer jedenfalls als die Figuren im Vordergrund. Ob er aus Wut den Vogel dazugemalt hatte? Und hatte er den Vogel gleich am Anfang hingemalt oder hatte er ihn erst hineingemalt, als er dann fertig war? Ob der Hintergrundmaler ziemlich verzweifelt gewesen war? Nichts deutete darauf hin, und Bloch kam diese Auslegung auch sofort lächerlich vor. Überhaupt schien es ihm, als ob seine Beschäftigung mit dem Gemälde, als ob sein Hin-und-Hergehen, sein Herumsitzen, sein Hinausgehen, sein Hineingehen nichts weiter als Ausreden seien. Er stand auf: ›Keine Ablenkung!‹ sagte er sich vor. Wie um sich selber zu widerlegen, ging er hinaus, ging sofort über die Straße in einen Hausflur, stand, bis es zu regnen aufgehört hatte, dort neben leeren Milchflaschen herausfordernd herum, ohne daß jemand kam und ihn zur Rede stellte, ging in ein Café und saß dort eine Zeitlang, mit ausgestreckten Beinen, ohne daß jemand ihm den Gefallen tat, darüber zu stolpern und sich auf eine Schlägerei einzulassen.

Wenn er hinausschaute, sah er den Ausschnitt des Marktplatzes mit einem Schulbus; im Café sah er links und rechts Ausschnitte der Wände, mit einem ungeheizten Ofen, auf dem ein Blumenstrauß stand, mit einem Kleiderständer auf der anderen Seite, an dem ein Regenschirm hing. Er erblickte einen anderen Ausschnitt mit der Musicbox, durch die langsam ein Lichtpunkt wanderte, der dann bei der gewählten Nummer stehenblieb, daneben den Zigarettenautomaten, darauf wieder einen Blumenstrauß; dann wieder einen anderen Ausschnitt mit dem Wirt hinter der Theke, der für die Kellnerin, die danebenstand, eine Flasche öffnete, die die Kellnerin auf das Tablett stellte; und schließlich einen Ausschnitt von sich selber, wie er die Beine von sich gestreckt hatte, mit den nassen, schmutzigen Schuhkappen, dazu den riesigen Aschenbecher auf dem Tisch, daneben eine kleinere Blumenvase und das gefüllte Weinglas am Nebentisch, wo gerade niemand dabeisaß. Der Blickwinkel auf den Platz hinaus entsprach, wie er jetzt bemerkte, nachdem der Schulbus abgefahren war, fast genau dem Blickwinkel auf den Ansichtskarten: hier ein Ausschnitt der Pestsäule an dem Zierbrunnen; dort am Bildrand der Ausschnitt eines Fahrradständers.

Bloch war gereizt. Innerhalb der Ausschnitte sah er die Einzelheiten aufdringlich deutlich: als ob die Teile, die er sah, für das Ganze standen. Wieder kamen ihm die Einzelheiten wie Namensschilder vor. ›Leuchtschriften‹, dachte er. So sah er das Ohr der Kellnerin mit dem einen Ohrklips als ein Signal für die ganze Person; und eine Handtasche auf einem Nebentisch, die ein wenig aufgeklappt war, so daß er darin ein gepunktetes Kopftuch erkennen konnte, stand für die Frau, die dahinter eine Kaffeetasse hielt und mit der andern Hand, nur ab und zu bei einem Bild stokkend, schnell eine Illustrierte durchblätterte. Ein Turm von ineinandergesteckten Eisbechern auf der Theke wirkte wie ein Vergleich für den Wirt, und die Wasserlache auf dem Fußboden unter dem Kleiderständer vertrat den Regenschirm darüber. Statt die Köpfe der Gäste zu sehen, sah Bloch die schmutzigen Stellen an der Wand in der Höhe der Köpfe. Er war so gereizt, daß er die schmutzige Schnur, an der jetzt die Kellnerin zog, um die Wandbeleuchtung auszuschalten – es war draußen wieder heller geworden –, ansah, als ob diese ganze Wandbeleuchtung eine Zumutung, eigens für ihn, sei. Auch tat ihm der Kopf weh, weil er in den Regen gekommen war.

Die aufdringlichen Einzelheiten schienen die Gestalten und die Umgebung, in die sie gehörten, zu beschmutzen und ganz zu entstellen. Man konnte sich wehren, indem man sie einzeln bezeichnete und diese Bezeichnungen als Schimpfwörter gegen die Gestalten selber verwendete. Den Wirt hinter der Theke konnte man einen Eisbecher nennen, und der Kellnerin konnte man sagen, daß sie ein Stich durchs Ohrläppchen sei. Ebenso hatte man Lust, zu der Frau mit der Illustrierten zu sagen: Du Handtasche! und zu dem Mann am Nebentisch, der endlich aus dem Hinterzimmer gekommen war und im Stehen, während er zahlte, den Wein austrank: Du Fleck auf der Hose! oder ihm, als er jetzt das Glas leer auf den Tisch stellte und hinausging, nachrufen, daß er ein Fingerabdruck sei, eine Türklinke, ein Mantelschlitz, eine Regenlache, eine Fahrradklammer, ein Kotflügel, und so weiter, bis die Gestalt draußen mit dem Fahrrad aus dem Bild verschwunden war ... Sogar die Unterhaltung und vor allem die Ausrufe der Leute, das So?, das Aha!, kamen einem so aufdringlich vor, daß man sie laut nachsprechen wollte, als Hohn.

Bloch ging in eine Fleischhauerei und kaufte sich zwei Wurstsemmeln. Im Gasthaus wollte er nicht essen, weil das Geld allmählich knapp wurde. Er betrachtete die Wurstzipfel, die nebeneinander von einer Stange hingen, und zeigte, von welcher Wurst die Verkäuferin abschneiden sollte. Ein Kind kam herein, mit einem Zettel in der Hand. Der Zollwachebeamte habe die Leiche des Schülers zuerst für eine angeschwemmte Matratze gehalten, hatte die Verkäuferin gerade gesagt. Sie nahm aus einem Karton zwei Semmeln und schnitt sie auf, ohne ganz durchzuschneiden. Das Backwerk war schon so alt, daß es Bloch, als das Messer hineinschnitt, krachen hörte. Die Verkäuferin klappte die Semmeln auseinander und legte die Wurstscheiben dazwischen. Bloch sagte, er habe Zeit, sie solle das Kind vor ihm bedienen. Er sah, wie das Kind den Zettel stumm vor sich hinhielt. Die Verkäuferin beugte sich vor und las ab. Als sie dann das Fleisch durchhackte, rutschte es vom Brett und fiel auf den Steinboden. »Patsch!« sagte das Kind. Das Fleischstück war auf der Stelle liegengeblieben. Die Verkäuferin hob es auf, schabte es mit der Messerklinge ab und wickelte es ein. Draußen sah Bloch die Schulkinder, obwohl es nicht mehr regnete, mit aufgespanntem Regenschirm gehen. Er machte dem Kind die Tür auf und schaute zu, wie die Verkäuferin von dem Wurstzipfel die Darmhaut abriß und dann die Wurstscheiben in die zweite Semmel legte.

Das Geschäft gehe schlecht, sagte die Verkäuferin. »Die Häuser stehen nur auf der Straßenseite, wo auch der Laden liegt, so daß erstens keine Leute gegenüber wohnen, die von dort aus sehen könnten, daß hier ein Laden ist, und zweitens die Leute, die vorbeikommen, nie auf der anderen Straßenseite gehen, deshalb auch zu dicht vorbeigehen und wieder übersehen, daß sich hier ein Laden befindet, zumal auch noch das Schaufenster nicht viel größer ist als die Wohnzimmerfenster in den Nebenhäusern.«

Bloch wunderte sich, daß die Leute nicht auch auf der andern Straßenseite gingen, wo doch das Gelände frei sei und viel eher die Sonne hinkomme. Es gebe wohl ein Bedürfnis, an Häusern entlangzugehen! sagte er. Die Verkäuferin, die ihn nicht verstanden hatte, weil ihm mitten im Satz das Reden zuwider wurde und er nur noch murmeln konnte, lachte, als ob sie ohnehin einen Witz als Antwort erwartet hätte. Wirklich wurde es ja im Laden, als jetzt ein paar Leute am Schaufenster vorbeigingen, so finster, daß es einem wie ein Witz vorkam.

Erstens ... Zweitens ... wiederholte Bloch bei sich, was die Verkäuferin gesagt hatte; es kam ihm nicht geheuer vor, wie man zu reden anfangen und dabei schon wissen konnte, was man am Ende des Satzes sagen würde. Er aß die Wurstsemmeln dann draußen im Weitergehen. Er knüllte das Fettpapier, in das sie eingewickelt waren, zum Wegwerfen zusammen. Kein Papierkorb war in der Nähe. Eine Zeitlang ging er mit dem Papierknäuel in der Hand einmal in die eine, dann in die andere Richtung. Er steckte das Papier in die Rocktasche, nahm es wieder heraus und warf es schließlich durch einen Zaun in einen Obstgarten. Sofort kamen die Hühner von allen Seiten darauf zugerannt, kehrten aber wieder um, bevor sie das Knäuel aufgepickt hatten.

Vor sich sah Bloch drei Männer schräg über die Straße gehen, zwei in Uniform, in der Mitte einen in einem schwarzen Sonntagsanzug, mit einer Krawatte, die ihm, vom Wind oder vom schnellen Laufen zurückgeworfen, hinten über die Schulter hing. Er schaute zu, wie die Gendarmen den Zigeuner in das Gendarmeriegebäude führten. Bis zur Tür waren sie nebeneinander hergegangen, und der Zigeuner, wie es schien, bewegte sich ungezwungen zwischen den Gendarmen und redete mit ihnen; als aber der eine Gendarm die Tür aufstieß, berührte der andre den Zigeuner, ohne ihn anzufassen, leicht von hinten am Ellbogen. Der Zigeuner blickte über die Schulter zu dem Gendarmen zurück und lächelte freundlich; der Hemdkragen unter dem Krawattenknopf war offen. Es kam Bloch vor, als sei der Zigeuner so sehr in einer Falle, daß er, als er am Arm berührt wurde, den Gendarmen nur noch hilflos freundlich anschauen konnte.

Bloch folgte ihnen in das Gebäude, in dem sich auch das Postamt befand; er glaubte einen Augenblick lang, wenn man sah, wie er in aller Öffentlichkeit eine Wurstsemmel aß, würde man nicht auf den Gedanken kommen, daß er in etwas verwickelt sei. ›Verwickelt?‹ Er durfte gar nicht daran denken, daß er seine Anwesenheit hier, beim Abführen des Zigeuners, durch irgendwelche Handlungen wie etwa das Wurstsemmelessen erst rechtfertigen mußte. Rechtfertigen konnte er sich nur, wenn er zur Rede gestellt und ihm etwas vorgehalten wurde; und weil er vermeiden mußte, überhaupt daran zu denken, daß er zur Rede gestellt werden könnte, durfte er auch nicht daran denken, sich im voraus Rechtfertigungen für diesen Fall zurechtzulegen; diesen Fall gab es gar nicht. Wenn man ihn also fragte, ob er zugeschaut habe, wie der Zigeuner abgeführt wurde, so brauchte er nicht zu leugnen und vorzugeben, er sei durch das Essen einer Wurstsemmel abgelenkt gewesen, sondern konnte zugeben, daß er Zeuge der Abführung gewesen sei. ›Zeuge?‹ unterbrach sich Bloch, während er im Postamt auf die Verbindung wartete; ›zugeben?‹ Was hatten diese Wörter mit dem für ihn bedeutungslosen Vorgang zu tun? Gaben sie ihm nicht eine Bedeutung, die er gerade leugnen wollte? ›Leugnen?‹ unterbrach Bloch sich wieder. Es gab nichts zu leugnen. Er mußte sich vor Wörtern in acht nehmen, die das, was er ausdrücken wollte, zu einer Art von Aussage machten.

Er wurde in die Telefonzelle gerufen. Noch immer im Gedanken, den Eindruck zu vermeiden, er wollte eine Aussage machen, fand er sich dabei, wie er den Hörer am Griff mit einem Taschentuch umwickelte. Ein wenig verwirrt, steckte er das Taschentuch ein. Wie war er vom Gedanken ans unachtsame Reden auf das Taschentuch gekommen? Er hörte, der Freund, den er anrufen wollte, sei mit seiner Mannschaft vor dem wichtigen Spiel am Sonntag in einem Trainingslager kaserniert und könne telefonisch nicht erreicht werden. Bloch gab der Postbeamtin eine andere Nummer. Sie forderte ihn auf, zuerst das eine Gespräch zu bezahlen. Bloch zahlte und setzte sich auf eine Bank, wo er auf das zweite Gespräch wartete. Das Telefon läutete, und er stand auf. Aber es wurde nur ein Glückwunschtelegramm durchgegeben. Die Postbeamtin schrieb mit und ließ sich dann Wort für Wort bestätigen. Bloch ging hin und her. Einer der Briefträger war zurückgekommen und rechnete laut vor der Postbeamtin ab. Bloch setzte sich. Draußen auf der Straße gab es jetzt, am frühen Nachmittag, keine Ablenkung. Bloch wurde ungeduldig, zeigte es aber nicht. Er hörte, wie der Briefträger erzählte, der Zigeuner habe sich die ganzen Tage in einem Unterstand der Zollwache an der Grenze versteckt gehalten. »Das kann jeder sagen!« meinte Bloch. Der Briefträger drehte sich nach ihm um und verstummte. Was er da als Neuigkeit ausgebe, fuhr Bloch fort, habe man schon gestern, vorgestern, vorvorgestern in der Zeitung lesen können. Was er rede, besage nichts, gar nichts, ganz und gar nichts. Der Briefträger hatte Bloch, noch während dieser sprach, den Rücken zugekehrt und unterhielt sich leise mit der Postbeamtin, in einem Gemurmel, das Bloch hörte wie jene Stellen in ausländischen Filmen, die man nicht übersetzte, weil sie ohnedies unverständlich bleiben sollten. Bloch kam mit seiner Bemerkung nicht mehr durch. Mit einem Mal erschien ihm die Tatsache, daß es gerade ein Postamt war, in dem er ›nicht mehr durchkam‹, nicht als Tatsache, sondern als schlechter Witz, als eine jener Wortspielereien, die ihm von jeher, etwa bei Sportreportern, äußerst zuwider waren. Schon die Erzählung des Briefträgers von dem Zigeuner war ihm ja als plumpe Zweideutigkeit, als ungeschickte Anspielung vorgekommen, ebenso das Glückwunschtelegramm, in dem die Wörter so geläufig waren, daß sie einfach nicht so gemeint sein konnten. Und nicht nur, was geredet wurde, war eine Anspielung, sondern auch die Gegenstände ringsherum sollten ihm etwas andeuten. ›Als ob sie mir zuzwinkern und Zeichen geben!‹ dachte Bloch. Denn was sollte es bedeuten, daß der Verschluß des Tintenglases dick daneben auf dem Löschpapier lag und daß man das Löschpapier auf dem Schreibpult offensichtlich heute neu eingelegt hatte, so daß erst wenige Abdrücke darauf zu lesen waren? Und mußte man nicht statt ›so daß‹ richtiger ›damit‹ sagen? *Damit* also die Abdrücke zu lesen waren? Und jetzt hob die Postbeamtin den Hörer ab und buchstabierte das Glückwunschtelegramm durch. Welche Andeutungen machte sie dabei? Was steckte dahinter, wenn sie ›Alles Gute‹ diktierte? ›Mit herzlichen Grüßen‹: was sollte das heißen? Für was standen diese Floskeln? Für wen waren ›Die stolzen Großeltern‹ ein Deckname? Schon am Morgen hatte Bloch in der Zeitung die kleine Anzeige ›Warum telefonierst Du nicht?‹ sofort für eine Falle gehalten.

Es kam ihm vor, als ob der Briefträger und die Postbeamtin im Bilde seien. ›Die Postbeamtin und der Briefträger‹, verbesserte er sich. Jetzt hatte ihn am hellichten Tag selber diese verhaßte Wortspielkrankheit befallen. ›Am hellichten Tag?‹ Er mußte irgendwie auf dieses Wort verfallen sein. Der Ausdruck kam ihm witzig vor, auf unangenehme Weise. Waren aber die anderen Wörter in dem Satz weniger unangenehm? Wenn man sich das Wort ›Krankheit‹ vorsagte, konnte man nach ein paar Wiederholungen nur doch darüber lachen. ›Eine Krankheit befällt mich‹: lächerlich. ›Ich werde krank‹: genauso lächerlich. ›Die Postbeamtin und der Briefträger‹; ›Der Briefträger und die Postbeamtin‹; ›Die Postbeamtin und der Briefträger‹: ein einziger Witz. Kennen Sie schon den Witz vom Briefträger und der Postbeamtin? ›Alles kommt einem wie eine Überschrift vor‹, dachte Bloch: ›Das Glückwunschtelegramm‹, ›Der Verschluß des Tintenfasses‹, ›Die Löschpapierkrümel auf dem Fußboden‹. Den Ständer, an dem die verschiedenen Stempel hingen, sah er wie gezeichnet. Er schaute ihn lange an, kam aber nicht darauf, was an dem Ständer witzig sein sollte; andrerseits mußte ein Witz daran sein: denn warum kam er ihm sonst gezeichnet vor? Oder war es wieder eine Falle? Diente der Gegenstand dazu, daß er sich versprach? Bloch schaute woandershin, schaute wieder woandershin, schaute wieder woandershin. Sagt Ihnen dieses Stempelkissen etwas? Was denken Sie, wenn Sie diesen ausgefüllten Scheck sehen? Was verbinden Sie mit dem Herausziehen der Schublade? Es kam Bloch vor, als sollte er das Inventar des Raums aufzählen, damit die Gegenstände, vor denen er beim Aufzählen stockte oder die er ausließ, als Indizien dienen könnten. Der Briefträger schlug mit der flachen Hand auf die große Tasche, die er noch immer umgehängt hatte. ›Der Briefträger schlägt auf die Tasche und hängt sie ab‹, dachte Bloch, Wort für Wort. ›Jetzt stellt er sie auf den Tisch und geht in den Paketraum.‹ Er beschrieb sich die Vorgänge, als könnte er sie sich dadurch erst vorstellen, wie ein Rundfunkreporter dem Publikum. Nach einiger Zeit half es.

Er blieb stehen, weil das Telefon läutete. Wie jedesmal, wenn das Telefon läutete, glaubte er, es schon einen Augenblick vorher gewußt zu haben. Die Postbeamtin hob ab, deutete dann auf die Kabine. Schon in der Kabine drinnen, fragte er sich, ob er die Handbewegung vielleicht mißverstanden hatte, ob sie vielleicht gar niemandem gegolten hatte. Er nahm den Hörer ab und bat seine frühere Frau, die sich, als ob sie wußte, daß er es sei, mit ihrem Vornamen gemeldet hatte, ihm postlagernd etwas Geld zu schikken. Ein eigenartiges Schweigen folgte. Bloch hörte ein Flüstern, das nicht für ihn bestimmt war. »Wo bist du?« fragte die Frau. Er habe kalte Füße bekommen und sitze auf dem trockenen, sagte Bloch und lachte wie über etwas sehr Witziges. Die Frau antwortete nicht. Wieder hörte Bloch das Flüstern. Es sei sehr schwierig, sagte die Frau.

Warum? fragte Bloch. Sie habe nicht zu ihm gesprochen, antwortete die Frau. »Wohin soll ich das Geld schicken?« Er werde bald die Hosentaschen nach außen stülpen müssen, wenn sie ihm nicht unter die Arme greife, sagte Bloch. Die Frau schwieg. Dann wurde auf der anderen Seite der Hörer aufgelegt.

›Schnee vom vergangenen Jahr‹, dachte Bloch unvermutet, während er aus der Kabine trat. Wie war das gemeint? Tatsächlich hatte er gehört, an der Grenze gäbe es dermaßen verwildertes und dichtes Unterholz, daß man darin noch im frühen Sommer Flecken von Schnee antreffen könne. So hatte er es aber nicht gemeint. Außerdem hatte man in dem Unterholz nichts zu suchen. ›Nichts zu suchen?‹ Wie meinte er das? ›Wie ich es sage‹, dachte Bloch.

In der Sparkasse wechselte er den Ein-Dollar-Schein um, den er seit langem bei sich trug. Er versuchte auch einen brasilianischen Geldschein zu wechseln, aber diese Währung wurde in der Sparkasse nicht angekauft; außerdem fehlte der Umrechnungskurs.

Als Bloch hereinkam, zählte der Beamte Münzen, wikkelte sie in Rollen ein und spannte Gummiringe um die Rollen. Bloch legte den Geldschein auf die Barriere. Daneben stand eine Spieluhr; erst auf den zweiten Blick erkannte Bloch, daß es sich um eine Sparbüchse für einen wohltätigen Zweck handelte. Der Beamte schaute auf, zählte aber weiter. Bloch schob den Schein unaufgefordert unter die Glasscheibe durch auf die andere Seite. Der Beamte stapelte die Rollen in einer Reihe neben sich auf. Bloch bückte sich und blies den Geldschein auf den Tisch des Beamten, und der Beamte entfaltete den Schein, glättete ihn mit der Handkante und befühlte ihn mit den Fingerspitzen. Bloch sah, daß die Fingerspitzen ziemlich schwarz waren. Aus dem Hinterzimmer kam ein zweiter Beamter; um etwas bezeugen zu können, dachte Bloch. Er bat, die Wechselmünzen – es war nicht einmal ein Schein darunter – in ein Papiersäckchen zu stecken, und schob die Münzen unter der Glasscheibe zurück. Der Beamte steckte die Münzen, nicht anders, als er früher die Rollen gestapelt hatte, in ein Papiersäckchen und schob das Säckchen wieder zu Bloch. Bloch stellte sich vor, wie man, wenn alle Leute verlangten, ihr Geld in Säckchen zu stecken, auf die Dauer die Sparkasse ruinieren könnte; ebenso könnte man es mit allen anderen Einkäufen machen: vielleicht würde der Verschleiß von Verpackungsmaterial nach und nach die Geschäfte zum Konkurs zwingen? Jedenfalls war es angenehm, sich das vorzustellen.

In einem Papiergeschäft kaufte sich Bloch eine Wanderkarte von der Gegend; er ließ sie gut einwickeln, kaufte sich einen Bleistift dazu; ließ den Bleistift in ein Papiersäckchen stecken. Mit der Rolle in der Hand ging er weiter; er kam sich jetzt harmloser vor als früher mit leeren Händen.

Er setzte sich, schon außerhalb des Ortes, wo er eine Übersicht über die Umgebung hatte, auf eine Bank und verglich mit dem Bleistift die Einzelheiten auf der Karte mit den Einzelheiten in der Landschaft vor ihm. Zeichenerklärung: diese Kreise bedeuteten einen Laubwald, diese Dreiecke einen Nadelwald, und wenn man von der Karte aufschaute, überraschte es einen, daß es zutraf. Dort drüben mußte das Gelände sumpfig sein; dort drüben mußte ein Bildstock sein; dort drüben mußte ein Bahnübergang sein. Wenn man diese Landstraße entlangging, mußte man hier über eine Brücke gehen, mußte dann auf einen Güterweg kommen, mußte dann eine starke Steigung hinaufgehen, wo schon oben jemand stehen konnte, mußte also von diesem Weg abbiegen und über dieses Feld laufen, mußte auf diesen Wald zulaufen, zum Glück ein Nadelwald, aber es konnten schon aus dem Wald heraus ein paar einem entgegenkommen, so daß man also einen Haken schlagen mußte und diesen Abhang hinunter auf dieses Gehöft zulief, mußte an diesem Schuppen vorbeilaufen, lief dann diesen Bach entlang, mußte an dieser Stelle hinüberspringen, weil hier ein Jeep auf einen zukommen konnte, rannte dann im Zickzack über die Ackerparzelle, schlüpfte durch diesen lebenden Zaun auf die Straße, wo gerade ein Lastwagen vorbeikam, den man anhielt, worauf man in Sicherheit war. Bloch stockte. »Wenn es sich um einen Mord handelt, macht man eben Gedankensprünge«, hatte er in einem Film jemanden sagen hören.

Er war erleichtert, als er auf der Karte ein Viereck fand, das er in der Landschaft nicht wiederfand: das Haus, das dort stehen mußte, stand nicht da, und die Straße, die an dieser Stelle eine Kurve machte, verlief in Wirklichkeit geradeaus. Es kam Bloch vor, als ob ihm diese Nichtübereinstimmung behilflich sein könnte.

Er beobachtete auf einem Feld einen Hund, der auf einen Mann zulief; dann bemerkte er, daß er nicht mehr den Hund beobachtete, sondern den Mann, der sich bewegte wie jemand, der einem andern in den Weg treten will. Jetzt sah er hinter dem Mann ein Kind stehen; und er bemerkte, daß er nicht den Mann und den Hund beobachtete, wie man es gewohnt gewesen wäre, sondern das Kind, das von weitem zu zappeln schien; aber dann merkte er, daß es das Geschrei des Kindes war, was ihm ein Gezappel vormachte. Inzwischen hatte der Mann den Hund schon am Halsband gepackt, und alle drei, Hund, Mann und Kind, waren in eine Richtung weitergegangen. ›Wem hat das gegolten?‹ dachte Bloch.

Vor ihm auf der Erde ein anderes Bild: Ameisen, die sich einem Brotbrösel näherten. Er bemerkte, daß er wieder nicht die Ameisen beobachtete, sondern umgekehrt die Fliege, die auf dem Brotkrumen saß.

Buchstäblich war alles, was er sah, auffällig. Die Bilder kamen einem nicht natürlich vor, sondern so, als seien sie extra für einen gemacht worden. Sie dienten zu etwas.

Wenn man sie ansah, sprangen sie einem buchstäblich in die Augen. ›Wie Rufzeichen‹, dachte Bloch. Wie Befehle! Wenn er die Augen zumachte und nach einiger Zeit wieder hinschaute, kam einem buchstäblich alles verändert vor. Die Ausschnitte, die man sah, schienen an den Rändern zu flimmern und zu zittern.

Aus dem Sitzen war Bloch, ohne richtig aufzustehen, gleich weggegangen. Nach einiger Zeit blieb er stehen, fiel dann aus dem Stand sofort ins Laufen. Er trat schnell an, stoppte plötzlich ab, wechselte die Richtung, lief gleichmäßig, wechselte jetzt den Schritt, wechselte wieder den Schritt, stoppte, lief jetzt rückwärts, drehte sich im Rückwärtslauf um, lief vorwärts weiter, drehte sich wieder in den Rückwärtslauf um, ging rückwärts, drehte sich in den Vorwärtslauf um, wechselte nach einigen Schritten in den vollen Schnelllauf über, stoppte scharf, setzte sich auf einen Randstein und lief sofort aus dem Sitzen weiter.

Als er dann stehenblieb und wieder weiter ging, schienen sich die Bilder von den Rändern her einzutrüben; schließlich waren sie bis auf einen Kreis in der Mitte eingeschwärzt. ›Wie wenn jemand im Film durch ein Fernrohr schaut‹, dachte er. Er wischte sich den Schweiß an den Beinen mit der Hose ab. Er ging an einem Keller vorbei, in dem die Teeblätter, weil die Tür zum Keller halb offenstand, eigenartig schimmerten. ›Wie Kartoffeln‹, dachte Bloch.

Selbstverständlich, das Haus vor ihm war einstöckig, die Fensterläden waren festgehakt, auf den Dachziegeln lag Moos (auch so ein Wort!), die Tür war geschlossen, darüber stand: *Volksschule*, hinten im Garten hackte jemand Holz, es mußte der Schuldiener sein, richtig, und vor der Schule stand natürlich ein lebender Zaun, ja, es stimmte, es fehlte nichts, nicht einmal der Schwamm unter der Tafel drinnen im finsteren Schulzimmer und die Schachtel mit den Kreidestücken daneben, nicht einmal die Halbkreise draußen an den Mauern unter den Fenstern, zu denen es eine Zeichenerklärung gab, die bestätigte, daß es sich um Fensterhakenschrammen handelte; es war überhaupt, als bekäme man von allem, was man sah oder hörte, bestätigt, daß es aufs Wort stimmte.

Der Deckel der Kohlenkiste im Schulzimmer war aufgeklappt, in der Kiste konnte man (ein Aprilscherz!) den Stiel der Kohlenschaufel sehen, dazu den Fußboden mit den breiten Brettern, der in den Ritzen vom Aufwaschen noch feucht war, nicht zu vergessen die Landkarte an der Wand, das Waschbecken neben der Tafel und die Maisblätter auf dem Fensterbrett: eine einzige schlechte Nachahmung! Auf diese Aprilscherze würde er nicht hereinfallen.

Es war, als ob er immer weitere Kreise zog. Er hatte den Blitzableiter neben der Tür vergessen, und jetzt kam er ihm wie ein Stichwort vor. Er sollte anfangen. Er half sich, indem er an der Schule vorbei hinten in den Hof ging und mit dem Schuldiener in der Holzhütte redete. Holzhütte, Schuldiener, Hof: Stichworte. Er schaute zu, wie der Schuldiener ein Holzscheit auf den Hackklotz stellte, wie er mit der Axt ausholte. Er redete vom Hof aus dazwischen, der Schuldiener hielt inne, antwortete, und als er dann auf das Scheit schlug, fiel es zur Seite, bevor er es getroffen hatte, und er schlug in den Hackklotz hinein, daß es staubte. Der noch nicht zerkleinerte Holzstoß im Hintergrund brach zusammen. Wieder so ein Stichwort! Aber es folgte nicht mehr darauf, als daß er den Schuldiener in die halbdunkle Holzhütte hinein fragte, ob es denn für alle Schulklassen nur dieses eine Schulzimmer gebe, und daß der Schuldiener antwortete, für alle Schulklassen gebe es nur dieses eine Schulzimmer.

Kein Wunder, daß die Kinder beim Schulaustritt noch nicht einmal reden gelernt hätten, sagte der Schuldiener plötzlich, indem er das Beil in den Hackklotz schlug und aus der Hütte trat: nicht einmal einen einzigen eigenen Satz könnten sie zu Ende sprechen, sie redeten miteinander fast nur in einzelnen Wörtern, ungefragt überhaupt nicht, und was sie lernten, sei nur Merkstoff, den sie auswendig heruntersagten; darüber hinaus seien sie zu ganzen Sätzen unfähig. »Eigentlich sind alle mehr oder weniger sprechbehindert«, sagte der Schuldiener.

Was sollte das heißen? Was bezweckte der Schuldiener damit? Was hatte das mit ihm zu tun? Nichts? Ja, warum tat aber dann der Schuldiener, als hätte es mit ihm zu tun?

Bloch hätte antworten sollen, aber er ließ sich nicht darauf ein. Wenn er einmal anfing, mußte er weiterreden. So ging er noch ein wenig auf dem Hof herum, half dem Schuldiener, die Holzscheite einzusammeln, die beim Hakken aus der Hütte herausgeflogen waren, war dann nach und nach unauffällig zurück auf die Straße geraten, konnte sich unbehelligt entfernen.

Er kam am Sportplatz vorbei. Es war nach Arbeitsschluss, und die Fußballer trainierten. Der Boden war so feucht, daß die Tropfen aus dem Gras sprühten, wenn ein Spieler den Ball trat. Bloch schaute eine Zeitlang zu, es dämmerte, und er ging weiter.

In der Gaststätte am Bahnhof aß er eine Frikadelle und trank ein paar Gläser Bier. Auf dem Bahnsteig draußen setzte er sich auf eine Bank. Ein Mädchen mit hohen Stökkelschuhen ging im Kies auf und ab. In der Fahrdienstleitung läutete das Telefon. Ein Beamter stand in der Tür und rauchte. Aus dem Warteraum kam jemand heraus und blieb gleich stehen. Wieder rasselte es in der Fahrdienstleitung, und man hörte lautes Reden, wie wenn jemand ins Telefon redete. Inzwischen war es dunkel geworden.

Es war ziemlich still. Man sah, wie hier und dort jemand an einer Zigarette zog. Ein Wasserhahn wurde stark aufgedreht und gleich wieder abgedreht. Als sei jemand erschrocken! Weiter weg im Finstern redeten welche; man hörte helle Laute, wie im Halbschlaf: a, i. Jemand rief: Au! Es war nicht zu erkennen, ob ein Mann oder eine Frau gerufen hatte. Ganz weit weg hörte man jemanden ganz deutlich sagen: »Sie sehen sehr abgekämpft aus!« Zwischen den Schienen sah man ebenso deutlich einen Bahnarbeiter stehen, der sich den Kopf kratzte. Bloch glaubte zu schlafen.

Man konnte einen Zug einfahren sehen. Man sah zu, wie ein paar Leute ausstiegen, als seien sie unschlüssig, ob sie aussteigen sollten. Zuletzt stieg ein Betrunkener heraus und schlug heftig die Tür zu. Man sah, wie der Beamte auf dem Bahnsteig mit der Taschenlampe ein Zeichen gab und wie der Zug wieder abfuhr.

Im Wartezimmer schaute Bloch den Fahrplan an. An diesem Tag fuhr kein Zug mehr durch. Immerhin war es inzwischen so spät, daß man ins Kino gehen konnte.

Im Kinovorraum saßen schon einige. Bloch setzte sich dazu, die Kinokarte in der Hand. Es kamen immer mehr. Es war angenehm, die vielen Geräusche zu hören. Bloch ging vors Kino, stellte sich irgendwo dazu, ging dann ins Kino hinein.

In dem Film schoß jemand mit dem Gewehr auf einen Mann, der mit dem Rücken zu ihm weit weg an einem Lagerfeuer saß. Nichts geschah; der Mann fiel nicht um, blieb sitzen, schaute nicht einmal, wer geschossen hatte. Einige Zeit verging. Dann sank der Mann langsam zur Seite und blieb regungslos liegen. Immer diese alten Gewehre, sagte der Schütze zu seinem Begleiter: keine Durchschlagskraft. In Wirklichkeit war aber der Mann schon vorher tot am Feuer gesessen.

Nach dem Film fuhr Bloch mit zwei Burschen im Auto zur Grenze hinaus. Ein Stein schlug unten gegen das Auto; Bloch, der hinten saß, wurde wieder aufmerksam. Da gerade Zahltag gewesen war, fand er in dem Wirtshaus keinen freien Tisch mehr. Er setzte sich irgendwo dazu. Die Pächterin kam und legte ihm die Hand auf die Schulter. Er verstand und bestellte Schnaps für alle, die am Tisch saßen.

Er legte zum Zahlen einen zusammengefalteten Schein auf den Tisch. Jemand neben ihm faltete den Schein auf und sagte, es könnte ja in dem Schein noch ein andrer Schein versteckt sein. Bloch sagte: Und wenn? und faltete den Schein wieder zusammen. Der Bursche faltete den Schein auf und schob einen Aschenbecher darüber. Bloch griff in den Aschenbecher und warf dem Burschen von unten herauf die Stummel in das Gesicht. Jemand zog ihm hinten den Stuhl weg, so daß er unter den Tisch rutschte.

Bloch sprang auf und hatte schon dem Burschen, der ihm den Stuhl weggezogen hatte, mit dem Unterarm gegen die Brust geschlagen. Der Bursche fiel gegen die Wand und stöhnte laut, weil er keine Luft bekam. Ein paar drehten Bloch die Arme auf den Rücken und stießen ihn zur Tür hinaus. Er fiel nicht einmal, taumelte nur und lief gleich wieder hinein.

Er schlug nach dem Burschen, der ihm den Schein aufgefaltet hatte. Ein Fußtritt traf ihn von hinten, und er fiel mit dem Burschen gegen den Tisch. Noch im Fallen schlug Bloch auf ihn ein.

Jemand packte ihn an den Beinen und zog ihn weg. Bloch trat ihn in die Rippen, und er ließ los. Ein paar andere packten Bloch und schleiften ihn hinaus. Auf der Straße nahmen sie ihn in den Schwitzkasten und führten ihn so hin und her. Vor dem Zollwachehaus blieben sie mit ihm stehen, drückten seinen Kopf gegen die Klingel und gingen weg.

Ein Zollwachebeamter kam heraus, sah Bloch stehen und ging wieder hinein. Bloch lief den Burschen nach und riß von hinten einen um. Die andern stürzten sich auf ihn. Bloch wich aus und stieß einem den Kopf in den Bauch.

Aus dem Wirtshaus kamen ein paar nach. Jemand warf ihm einen Mantel über den Kopf. Er traf ihn ans Schienbein, aber ein zweiter knüpfte schon die Ärmel zusammen, Jetzt schlugen sie ihn schnell nieder und gingen ins Wirtshaus zurück.

Bloch befreite sich von dem Mantel und lief ihnen nach. Einer blieb stehen, ohne sich umzudrehen. Bloch rannte ihn an; sofort ging der Bursche weiter, und Bloch fiel zu Boden.

Nach einiger Zeit stand er auf und ging ins Wirtshaus hinein. Er wollte etwas sagen, aber als er die Zunge bewegte, schlug das Blut im Mund Blasen. Er setzte sich an einen Tisch und zeigte mit einem Finger, daß man ihm etwas zu trinken bringen solle. Die andern am Tisch kümmerten sich nicht um ihn. Die Kellnerin brachte ihm eine Flasche Bier ohne Glas. Er glaubte, auf dem Tisch kleine Fliegen hin und her laufen zu sehen, aber es war nur Zigarettenrauch.

Er war zu schwach, die Bierflasche mit einer Hand zu heben; so umklammerte er sie mit beiden Händen und beugte sich vor, um sie nicht zu hoch anheben zu müssen. Seine Ohren waren so empfindlich, daß eine Zeitlang nebenan die Karten nicht auf den Tisch fielen, sondern geknallt wurden, und an der Theke der Schwamm nicht ins Spülbecken fiel, sondern klatschte; und das Kind der Pächterin, mit Holzpantoffeln an den nackten Füßen, ging nicht durch das Gastzimmer, sondern klapperte durch das Gastzimmer, der Wein rann nicht, sondern gluckerte in die Gläser, und die Musicbox spielte nicht, sondern dröhnte.

Er hörte eine Frau vor Schreck aufschreien, aber ein Aufschrei einer Frau in der Wirtsstube hatte keine Bedeutung; also konnte die Frau gar nicht vor Schreck aufgeschrien haben. Trotzdem war er durch den Schrei aufgefahren; nur wegen des Geräusches, so schrill hatte die Frau geschrien.

Nach und nach verloren auch die anderen Einzelheiten ihre Bedeutung: der Schaum in der leeren Bierflasche sagte ihm ebensowenig wie die Zigarettenschachtel, die ein Bursche neben ihm gerade so weit aufriß, daß er mit den Fingernägeln eine Zigarette herausziehen konnte. Auch die abgebrannten Streichhölzer, die überall in den lockeren Bodenleisten steckten, beschäftigten ihn nicht mehr, und die Fingernägeleindrücke im Kitt an den Fensterrahmen kamen ihm nicht mehr so vor, als hätten sie etwas mit ihm zu tun. Alles ließ ihn jetzt kalt, stand wieder auf seinem Platz; wie im Frieden, dachte Bloch. Aus dem ausgestopften Auerhahn über der Musicbox brauchte man keine Schlüsse mehr zu ziehen; auch die schlafenden Fliegen an der Zimmerdecke spielten auf nichts mehr an.

Man sah, wie ein Bursche sich mit den Fingern die Haare kämmte, man sah Mädchen rückwärts zum Tanzen gehen, man sah Burschen aufstehen und sich die Röcke zuknöpfen, man hörte die Karten schmatzen, wenn sie gemischt wurden, aber man mußte sich dabei nicht mehr aufhalten.

Bloch wurde müde. Je müder er wurde, desto klarer nahm er alles wahr, unterschied eins vom andern. Er sah, wie die Tür immer offenblieb, wenn einer hinausging, und er sah immer wieder einen aufstehen und die Tür wieder zumachen. Er war so müde, daß er jeden Gegenstand für sich sah, vor allem die Umrisse, als ob es von den Gegenständen nur die Umrisse gebe. Er sah und hörte alles unvermittelt, ohne es erst, wie früher, in Worte übersetzen zu müssen oder es überhaupt nur als Worte und Wortspiele zu erfassen. Er war in einem Zustand, in dem ihm alles natürlich vorkam.

Später setzte sich die Pächterin zu ihm, und er legte so selbstverständlich den Arm um sie, daß es ihr gar nicht aufzufallen schien. Er warf ein paar Münzen in die Box, als ob nichts wäre, und tanzte ohne weiteres mit der Pächterin. Er bemerkte, daß sie jedesmal, wenn sie zu ihm etwas sagte, seinen Namen dazusagte.

Es war nichts mehr dabei, daß er die Kellnerin mit der Hand die andere Hand halten sah, auch an den dicken Vorhängen war nichts Besonderes mehr, und es war selbstverständlich, daß immer mehr Leute weggingen. Beruhigt hörte man, wie sie draußen auf der Straße die Notdurft verrichteten und weitergingen.

In der Wirtsstube wurde es stiller, so daß die Platten in der Musicbox ganz deutlich spielten. In der Pause zwischen den Platten redete man leise oder hielt fast den Atem an; und man war erleichtert, wenn die nächste Platte einsetzte. Es kam Bloch vor, als könnte man über diese Vorgänge reden wie über etwas immer Wiederkehrendes; ein Tageslauf, dachte er; etwas, das man auf Ansichtskarten schrieb. »Am Abend sitzt man im Wirtshaus und hört Platten.« Er wurde immer müder, und draußen fielen die Äpfel von den Bäumen.

Als niemand außer ihm mehr da war, ging die Pächterin in die Küche. Bloch blieb sitzen und wartete, bis die Platte zu Ende war. Er schaltete die Musicbox aus, so daß jetzt nur noch in der Küche Licht brannte. Die Pächterin saß am Tisch und rechnete ab. Bloch kam auf sie zu, er hatte einen Bierdeckel in der Hand. Sie schaute auf, als er aus der Wirtsstube trat, und blickte ihm entgegen, während er auf sie zukam. Zu spät fiel ihm der Bierdeckel ein, er wollte ihn schnell verstecken, bevor sie ihn sah, aber die Pächterin schaute schon von ihm weg auf den Bierdeckel in der Hand und fragte ihn, was er damit wolle, ob sie vielleicht eine Rechnung daraufgeschrieben habe, die nicht kassiert worden sei. Bloch ließ den Deckel fallen und setzte sich neben die Pächterin, nicht eins nach dem andern, sondern indem er bei jeder Bewegung zögerte. Sie zählte weiter, redete dabei mit ihm, räumte das Geld dann weg. Bloch sagte, er habe den Bierdeckel nur in der Hand vergessen, das habe nichts zu bedeuten.

Sie lud ihn ein, mit ihr etwas zu essen. Sie stellte ein Holzbrett vor ihn hin. Ein Messer fehle, sagte er, dabei hatte sie das Messer neben das Brett gelegt. Sie müsse die Wäsche aus dem Garten holen, sagte sie, es fange gerade zu regnen an. Es regne nicht, verbesserte er sie, es regne nur von den Bäumen, weil es etwas windig sei. Aber sie war schon hinausgegangen, und weil sie die Tür offengelassen hatte, sah er, daß es wirklich regnete. Er sah sie zurückkommen und rief ihr entgegen, sie habe ein Hemd verloren, aber es erwies sich, daß es nur der Fußbodenlappen war, der schon früher neben dem Eingang gelegen hatte. Als sie am Tisch eine Kerze anzündete, sah er das Wachs auf einen Teller tropfen, weil sie die Kerze in der Hand ein wenig geneigt hielt. Sie solle doch aufpassen, sagte er, das Wachs rinne auf den sauberen Teller. Aber sie stellte schon die Kerze in das noch flüssige übergelaufene Wachs und preßte sie so lange darauf, bis sie von selber stehenblieb, »Ich habe nicht gewußt, daß du die Kerze auf den Teller stellen wolltest«, sagte Bloch. Sie traf Anstalten, sich auf eine Stelle zu setzen, wo gar kein Stuhl war, und Bloch rief: »Vorsicht!«, dabei hatte sie sich nur hingehockt und eine Münze aufgehoben, die ihr beim Zählen unter den Tisch gefallen war. Als sie ins Schlafzimmer ging, um nach dem Kind zu sehen, fragte er sofort nach ihr; sogar als sie einmal vom Tisch wegging, rief er ihr nach, wohin sie gehen wolle. Sie schaltete das Radio auf dem Küchenschrank an; es war schön, ihr zuzuschauen, wie sie hin und her ging, während aus dem Radio Musik kam. Wenn man in einem Film das Radio einschaltete, wurde die Sendung sofort unterbrochen, und ein Steckbrief wurde durchgegeben.

Während sie am Tisch saßen, redeten sie miteinander. Bloch kam es vor, als sei er unfähig, etwas Ernstes zu sagen. Er riß Witze, aber die Pächterin nahm alles, was er sagte, ganz wörtlich. Er sagte, ihre Bluse sei gestreift wie ein Fußballdreß, wollte weiterreden, aber sie fragte ihn schon, ob ihm ihre Bluse denn nicht gefalle, was er daran auszusetzen habe. Es nützte nichts, daß er beteuerte, nur einen Witz gemacht zu haben, die Bluse passe sogar sehr gut zu ihrer blassen Haut; sie fragte weiter, ob ihm denn ihre Haut zu blaß sei. Er sagte im Spaß, die Küche sei ja beinahe eingerichtet wie eine Küche in der Stadt, und sie fragte ihn, warum er ›beinahe‹ sage. Ob denn die Leute dort ihre Sachen sauberer hielten? Sogar als Bloch einen Witz mit dem Sohn des Gutsbesitzers machte (er habe ihr wohl einen Antrag gemacht), nahm sie ihn wörtlich und sagte, der Sohn des Gutsbesitzers sei nicht frei. Er wollte nun mit einem Vergleich erklären, daß er es nicht ernst gemeint hatte, aber auch den Vergleich nahm sie wörtlich. »Ich habe nichts damit sagen wollen«, sagte Bloch. »Du wirst doch einen Grund gehabt haben, es zu sagen«, antwortete die Pächterin. Bloch lachte. Die Pächterin fragte, warum er sie auslache.

Drinnen im Schlafzimmer rief das Kind. Sie ging hinein und beruhigte es. Als sie zurückkam, war Bloch aufgestanden. Sie blieb vor ihm stehen und schaute ihn einige Zeit an. Dann sprach sie aber von sich selber. Weil sie so dicht vor ihm stand, konnte er nicht antworten und trat einen Schritt zurück. Sie kam nicht nach, stockte jedoch. Bloch wollte sie anfassen. Als er endlich die Hand bewegte, schaute sie zur Seite. Bloch ließ die Hand fallen und tat, als hätte er einen Witz gemacht. Die Pächterin setzte sich an die andere Seite des Tisches und redete weiter.

Er wollte etwas sagen, aber dann fiel ihm nicht ein, was er sagen wollte. Er versuchte, sich zu erinnern: er erinnerte sich nicht, worum es ging, aber es hatte etwas mit Ekel zu tun. Dann erinnerte ihn eine Handbewegung der Pächterin an etwas anderes. Wieder fiel ihm nicht ein, was es war, aber es hatte etwas mit Scham zu tun. Was er wahrnahm, Bewegungen und Gegenstände, erinnerte ihn nicht an andere Bewegungen und Gegenstände, sondern an Empfindungen und Gefühle; und an die Gefühle erinnerte er sich nicht, wie an etwas Vergangenes, sondern er erlebte sie wieder, wie etwas Gegenwärtiges: er erinnerte sich nicht an Scham und Ekel, sondern schämte und ekelte sich jetzt, als er sich erinnerte, ohne daß ihm die Gegenstände von Scham und Ekel einfielen. Ekel und Scham, beides zusammen war so stark, daß ihn der ganze Körper zu jukken anfing.

Draußen schlug ein Metall gegen die Fensterscheibe. Auf seine Frage antwortete die Pächterin, es handle sich um den Draht des Blitzableiters, der locker sei. Bloch, der schon an der Schule einen Blitzableiter beobachtet hatte, faßte diese Wiederholung sofort als Absicht auf; es konnte kein Zufall sein, daß er zweimal hintereinander auf einen Blitzableiter traf. Überhaupt kam alles ihm ähnlich vor; alle Gegenstände erinnerten ihn aneinander. Was war mit dem wiederholten Vorkommen des Blitzableiters gemeint? Was sollte er an dem Blitzableiter ablesen? ›Blitzableiter‹? Das war wohl wieder ein Wortspiel? Hieß es, daß ihm nichts passieren konnte? Oder wurde angedeutet, daß er der Pächterin alles erzählen sollte? Und warum hatten die Kekse dort auf dem Holzteller die Form von Fischen? Auf was spielten sie an? Sollte er ›stumm wie ein Fisch‹ sein? Durfte er nicht weiterreden? Sollten ihm die Kekse auf dem Holzteller das andeuten? Es war, als ob er das alles nicht sah, sondern es irgendwo, von einem Plakat mit Verhaltensmaßregeln, ablas.

Ja, es waren Verhaltensmaßregeln. Der Abwaschfetzen, der über dem Wasserhahn lag, befahl ihm etwas. Auch der Verschluß der Bierflasche auf dem inzwischen sonst leergeräumten Tisch forderte ihn zu irgend etwas auf. Es spielte sich ein: überall sah er eine Aufforderung: das eine zu tun, das andere nicht zu tun. Alles war ihm vorformuliert, das Regal mit den Gewürztiegeln, ein Regal mit Gläsern frisch eingekochter Marmelade ... es wiederholte sich. Bloch bemerkte, daß er schon seit einiger Zeit nicht mehr mit sich selber sprach: die Pächterin stand am Abwaschbecken und sammelte die Brotreste aus den Untertassen. Man müsse alles hinter ihm wegräumen, sagte sie, nicht einmal die Tischlade mache er zu, aus der er das Besteck hole, Bücher, in denen er blättere, lasse er aufgeklappt liegen, er ziehe den Rock aus und lasse ihn einfach fallen.

Bloch antwortete, er habe wirklich das Gefühl, er müsse alles fallen lassen. Es fehle nur wenig, daß er zum Beispiel diesen Aschenbecher in seiner Hand loslasse; es wundere ihn selber, den Aschenbecher noch in seiner Hand zu sehen. Er war aufgestanden, wobei er den Aschenbecher vor sich hinhielt. Die Pächterin schaute ihn an. Er schaute eine Zeitlang auf den Aschenbecher, dann stellte er ihn weg. Wie um den Andeutungen ringsherum, die sich wiederholten, zuvorzukommen, wiederholte Bloch, was er gesagt hatte. Er war so hilflos, daß er es noch einmal wiederholte. Er sah, wie die Pächterin den Arm über dem Waschbecken schüttelte. Sie sagte, ein Stück Apfel sei ihr in den Ärmel gefallen, das jetzt nicht herauswolle. Nicht herauswolle? Bloch ahmte sie nach, indem er gleichfalls den Ärmel ausschüttelte. Es kam ihm vor, wenn er alles nachahmte, könnte er wie in einem Windschatten stehen. Aber es fiel ihr gleich auf, und sie machte ihm vor, wie er sie nachahmte.

Dabei kam sie in die Nähe des Kühlschranks, auf dem eine Tortenschachtel stand. Bloch schaute ihr zu, wie sie, indem sie ihn immer noch nachahmte, von hinten die Tortenschachtel berührte. Da er ihr so aufmerksam zuschaute, stieß sie noch einmal mit dem Ellbogen nach hinten. Die Kuchenschachtel kam ins Rutschen und kippte langsam über die abgerundeten Kanten des Kühlschranks. Bloch hätte sie noch auffangen können, aber er schaute ihr zu, bis sie auf dem Fußboden aufschlug.

Während die Pächterin sich nach der Schachtel bückte, ging er hierhin und dorthin, schob, wo er hinkam und stehenblieb, die Dinge von sich weg in den Winkel, einen Stuhl, ein Feuerzeug auf dem Herd, einen Eierbecher auf dem Küchentisch. »Ist alles in Ordnung?« fragte er. Er fragte sie das, was er von ihr gefragt werden wollte. Aber bevor sie antworten konnte, klopfte es draußen an die Fensterscheibe, wie ein Blitzableiterdraht nie an die Scheibe klopfen würde. Bloch hatte es schon einen Augenblick vorher gewußt.

Die Pächterin machte das Fenster auf. Draußen stand ein Zollwachebeamter, der für den Heimweg in den Ort um einen Schirm bat. Bloch meinte, er könne gleich mitgehen, und ließ sich von der Pächterin den Schirm geben, der unter der Arbeitshose am Türrahmen hing. Er versprach, ihn am nächsten Tag zurückzubringen. Solange er ihn nicht zurückgebracht hatte, konnte nichts dazwischenkommen.

Auf der Straße spannte er den Schirm auf; der Regen prasselte gleich so laut, daß er nicht hörte, ob sie ihm etwas geantwortet hatte. Der Zollwachebeamte kam an der Hauswand entlang unter den Schirm gelaufen, und sie gingen weg.

Nach ein paar Schritten wurde im Wirtshaus das Licht abgeschaltet, und es wurde völlig finster. Es war so finster, daß sich Bloch die Hand vor die Augen hielt. Hinter der Mauer, an der sie gerade vorbeigingen, hörte er ein Schnauben von Kühen. Etwas lief an ihm vorbei. Das Laub neben der Straße raschelte. »Jetzt wäre ich fast auf einen Igel getreten!« rief der Zollwachebeamte.

Bloch fragte ihn, wie er denn den Igel im Finstern gesehen habe. Der Zollwachebeamte antwortete: »Das gehört zu meinem Beruf. Wenn man nur eine Bewegung sieht oder ein Geräusch hört, muß man fähig sein, den Gegenstand zu erkennen, von dem Bewegung oder Geräusch stammen. Sogar ein Gegenstand, der sich am äußersten Rand der Netzhaut bewegt, muß erkannt werden, ja, es muß sogar möglich sein, seine Farbe festzustellen, obwohl man Farben eigentlich nur im Mittelpunkt der Netzhaut vollständig sehen kann.« Mittlerweile hatten sie die Häuser an der Grenze hinter sich gelassen und gingen auf einem Abkürzungsweg neben dem Bach her. Der Weg war mit einem Sand bestreut, der heller wurde, je mehr Bloch sich an die Finsternis gewöhnte.

»Freilich sind wir hier ziemlich unbeschäftigt«, sagte der Zollwachebeamte. »Seitdem die Grenze vermint ist, findet kein Schmuggel mehr statt. So läßt die Angespanntheit nach, man wird müde und kann sich nicht mehr konzentrieren. Und wenn doch einmal etwas passiert, reagiert man nicht einmal.«

Bloch sah etwas auf sich zulaufen und trat hinter den Zollwachebeamten. Ein Hund lief an ihm vorbei und streifte ihn.

»Wenn dann einer einem in den Weg kommt, weiß man nicht einmal, wie man ihn fassen soll. Man steht von vornherein falsch, und wenn man einmal richtig steht, verläßt man sich darauf, daß der Kollege neben einem ihn kriegen wird, während der Kollege sich darauf verläßt, daß man selber ihn kriegt – und der Betreffende entwischt.« Entwischt? Bloch hörte, wie der Zollwachebeamte unter dem Regenschirm neben ihm Luft holte.

Hinter ihm knirschte der Sand, er drehte sich um und sah den Hund zurückkommen. Sie gingen weiter, der Hund lief mit und schnupperte in seinen Kniekehlen. Bloch blieb stehen, brach neben dem Bach einen Haselnusszweig ab und jagte ihn weg.

»Wenn man sich gegenübersteht«, fuhr der Zollwachebeamte fort, »ist es wichtig, dem andern in die Augen zu sehen. Bevor er losläuft, deuten die Augen die Richtung an, in die er laufen wird. Zur gleichen Zeit muß man aber auch seine Beine beobachten. Auf welchem Bein steht er? In die Richtung, in die das Standbein zeigt, wird er dann davonlaufen wollen. Will der andre einen aber täuschen und nicht in diese Richtung laufen, so wird er, gerade bevor er losläuft, das Standbein wechseln müssen und dabei so viel Zeit verlieren, daß man sich inzwischen auf ihn stürzen kann.« Bloch schaute zum Bach hinunter, den man zwar rauschen hörte, aber nicht sah. Aus einem Gebüsch flog ein schwerer Vogel auf. In einem Holzverschlag hörte man Hühner scharren und mit den Schnäbeln innen gegen die Bretterwand klopfen. »Eigentlich gibt es keine Regel«, sagte der Zollwachebeamte. »Man ist ja immer im Nachteil, weil der andere einen ebenso beobachtet und sieht, wie man auf ihn reagieren wird. Man kann immer nur reagieren. Und wenn er zu laufen anfängt, wird er schon nach dem ersten Schritt die Richtung ändern, und man hat selber auf dem falschen Fuß gestanden.«

Inzwischen waren sie wieder auf die asphaltierte Straße gekommen und näherten sich dem Ortseingang. Sie traten hier und da auf aufgeweichtes Sägemehl, das von dem Regen bis auf die Straße geweht worden war. Bloch fragte sich, ob der Zollwachebeamte deswegen so ausführlich von etwas redete, das man auch mit einem Satz erledigen konnte, weil er damit etwas anderes sagen wollte. ›Er hat *auswendig* gesprochen!‹ dachte Bloch. Er fing an, zur Probe seinerseits lang und breit über etwas zu reden, für das man sonst einen einzigen Satz brauchte, aber der Zollwachebeamte schien das für ganz selbstverständlich zu halten und fragte ihn, worauf er damit hinauswolle. Also schien der Zollwachebeamte das, was er früher gesagt hatte, ganz wörtlich gemeint zu haben. Schon mitten im Ort kamen ihnen die Teilnehmer eines Tanzkurses entgegen. ›Tanzkurs‹? Auf was spielte dieses Wort wieder an? Ein Mädchen hatte im Vorbeigehen etwas in ihrer ›Handtasche‹ gesucht, und ein anderes hatte Stiefel mit hohem

›Schaft‹ getragen. Waren das Abkürzungen für etwas? Er hörte, wie hinter ihm die Handtasche zugeklappt wurde; beinahe hätte er als Antwort den Schirm zusammengefaltet.

Er begleitete den Zollwachebeamten mit dem Schirm zum Gemeindebau hinaus. »Bis jetzt habe ich die Wohnung nur gemietet, aber ich spare auf eine Eigentumswohnung«, sagte der Zollwachebeamte, schon im Stiegenhaus. Bloch war ebenfalls eingetreten. Ob er auf einen Schnaps mitkommen wolle? Bloch lehnte ab, blieb aber stehen. Während der Beamte noch hinaufstieg, ging das Licht wieder aus. Bloch lehnte sich an die Briefkästen unten. Draußen, ziemlich hoch, flog ein Flugzeug vorbei. »Das Postflugzeug!« rief der Zollwachebeamte im Finstern herunter und drückte auf den Lichtknopf. Es hallte im Stiegenhaus. Bloch war schnell hinausgegangen. Im Gasthof hörte er, es sei eine große Reisegesellschaft eingetroffen, die man auf Feldbetten in der Kegelbahn einquartiert habe; deswegen sei es dort heute ruhig. Bloch fragte das Mädchen, das ihm diese Auskunft gegeben hatte, ob sie mit ihm hinaufkommen wolle. Sie antwortete ernsthaft, das sei heute nicht möglich. Später, im Zimmer, hörte er sie draußen den Gang entlanggehen und an seiner Tür vorbeilaufen. Im Zimmer war es von dem Regen so kalt, daß es ihm vorkam, man hätte überall feuchte Sägespäne hingestreut. Er legte den Schirm mit der Spitze voran in das Waschbekken und legte sich angezogen aufs Bett.

Bloch wurde schläfrig. Er machte ein paar müde Gesten, die die Schläfrigkeit lächerlich machen sollten, aber gerade dadurch wurde er noch schläfriger. Einiges, was er am Tag gesagt hatte, fiel ihm wieder ein; er versuchte es mit dem Ausatmen loszuwerden. Dann spürte er, wie er einschlief; wie vor dem Ende eines Absatzes, dachte er. Fasane flogen durchs Feuer, und Treiber gingen ein Maisfeld entlang, und der Hausbursche stand in der Abstellkammer und schrieb mit Kreide die Zimmernummer auf seine Aktentasche, und ein blattloser Dornbusch war voll von Schwalben und Schnecken.

Er wurde allmählich wach und bemerkte, daß jemand im Nebenzimmer laut atmete und daß sich aus dem Rhythmus des Atmens bei ihm im Halbschlaf Sätze bildeten; das Ausatmen hörte er als ein langgedehntes ›Und‹, und das lange Geräusch des Einatmens verwandelte sich dann bei ihm in die Sätze, die sich jeweils nach einem Gedankenstrich, welcher der Pause zwischen Ausatmen und Einatmen entsprach, an das ›Und‹ anschlossen. Soldaten standen mit spitzen Ausgehschuhen vor dem Kino, und die Streichholzschachtel wurde auf die Zigarettenschachtel gelegt, und auf dem Fernseher stand eine Blumenvase, und ein Lastwagen mit Sand staubte am Autobus vorbei, und ein Autostopper hielt in der andern Hand ein Büschel Weintrauben, und vor der Tür sagte jemand: »Aufmachen bitte!«

»Aufmachen bitte!« Diese beiden letzten Wörter paßten gar nicht zu dem Atmen nebenan, das jetzt immer deutlicher wurde, während die Sätze nach und nach ausblieben. Er war jetzt ganz wach. Wieder klopfte jemand an die Tür und sagte: »Aufmachen bitte!« Er mußte davon wach geworden sein, daß der Regen aufgehört hatte.

Er richtete sich schnell auf, eine Bettfeder sprang in ihre Lage zurück, vor der Tür stand das Zimmermädchen mit einem Frühstückstablett. Er habe das Frühstück nicht bestellt, konnte er gerade noch sagen, sie hatte sich schon entschuldigt und an die Tür gegenüber geklopft.

Wieder allein im Zimmer, fand er alles umgestellt. Er drehte den Wasserhahn auf. Sofort fiel eine Fliege vom Spiegel ins Waschbecken und wurde gleich weggespült. Er setzte sich aufs Bett: gerade noch war der Stuhl rechts von ihm gewesen, und jetzt stand er links von ihm. War das Bild seitenverkehrt? Er schaute es von links nach rechts an, dann von rechts nach links. Er wiederholte den Blick von links nach rechts; dieser Blick kam ihm wie ein Lesen vor. Er sah einen ›Schrank‹, ›danach‹ ›einen‹ ›kleinen‹ ›Tisch‹, ›danach‹ ›einen‹ ›Papierkorb‹, ›danach‹ ›einen‹ ›Wandvorhang‹; beim Blick von rechts nach links dagegen sah er einen , daneben den , darunter den , daneben den 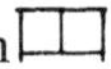, darauf seine ; und wenn er sich umschaute, sah er die , daneben den  und die . Er saß auf dem , darunter lag ein , daneben eine . Er ging zum : 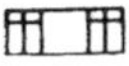:

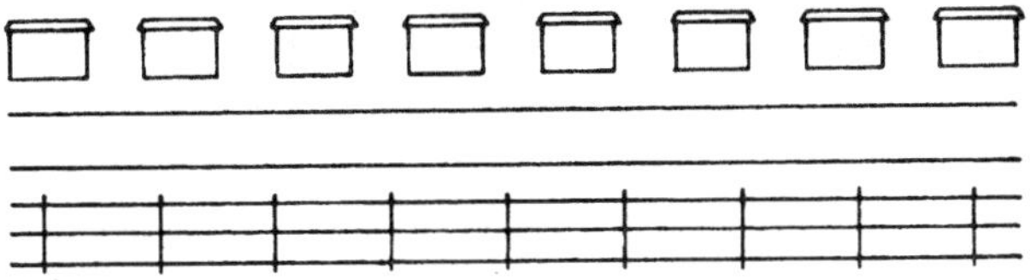

. Bloch zog die Vorhänge zu und ging hinaus.

Das Gastzimmer unten war besetzt von der Reisegesellschaft. Der Wirt wies Bloch in das Nebenzimmer, wo die Mutter des Wirts bei vorgezogenen Vorhängen vor dem Fernseher saß. Der Wirt zog den Vorhang weg und stellte sich neben Bloch; einmal sah er ihn links von sich stehen, dann, als er wieder aufschaute, war es umgekehrt. Bloch bestellte ein Frühstück und bat um die Zeitung. Der Wirt antwortete, sie werde gerade von den Mitgliedern der Reisegesellschaft gelesen. Bloch befühlte mit den Fingern sein Gesicht; die Wangen schienen taub zu sein. Es war ihm kalt. Die Fliegen krochen so langsam auf dem Boden herum, daß er sie zuerst für Käfer hielt. Vom Fensterbrett flog eine Biene auf und fiel gleich zurück. Die Leute draußen sprangen zwischen den Pfützen herum; sie trugen dicke Einkaufstaschen. Bloch betastete sich überall im Gesicht.

Der Wirt kam mit dem Tablett herein und sagte, die Zeitung sei noch immer nicht frei. Er sprach so leise, daß

Bloch, als er antwortete, ebenfalls leise redete. »Es eilt nicht«, flüsterte er. Die Scheibe des Fernsehers war jetzt bei Tageslicht staubig, und das Fenster, durch das Schulkinder im Vorbeigehen hereinschauten, spiegelte sich darin. Bloch aß und hörte dem Film zu. Die Mutter des Wirts jammerte hin und wieder.

Draußen erblickte er einen Ständer mit einer Tragetasche voll Zeitungen. Er ging hinaus, warf zuerst eine Münze in den Schlitz neben der Tasche und nahm dann eine Zeitung heraus. Er war so geübt im Aufblättern, daß er schon im Hineingehen die Beschreibung von sich selber las. Einer Frau war er im Autobus aufgefallen, weil er Münzen aus der Tasche verloren hatte; sie hatte sich danach gebückt und gesehen, daß es sich um amerikanische Münzen handelte. Später erfuhr sie, daß auch neben der toten Kassiererin solche Münzen gefunden worden waren. Zuerst hatte man ihre Angaben nicht ernst genommen, aber dann zeigte sich, daß ihre Beschreibung mit der Beschreibung eines Bekannten der Kassiererin übereinstimmte, der am Vorabend der Tat, als er die Kassiererin mit dem Auto abholte, einen Mann in der Nähe des Kinos stehen sah.

Bloch setzte sich wieder in das Nebenzimmer und betrachtete das Bild, das man nach den Angaben der Frau von ihm gezeichnet hatte. Hieß das, daß man seinen Namen noch nicht wußte? Wann war die Zeitung gedruckt worden? Er sah, daß es sich um die erste Ausgabe handelte, die gewöhnlich schon am Abend des Vortags erschien. Die Überschrift und das Bild kamen ihm vor wie auf die Zeitung aufgeklebt; wie Zeitungen im Film, dachte er: dort waren auch die wirklichen Schlagzeilen durch Schlagzeilen ersetzt, die auf den Film paßten; oder wie Schlagzeilen, die man in Vergnügungsvierteln von sich selber drucken lassen konnte.

Die Kritzeleien am Rand hatte man als das Wort ›Stumm‹ entziffert, und zwar mit großem Anfangsbuchstaben; also mußte es sich dabei wohl um einen Eigennamen handeln. Hatte eine Person namens Stumm mit der Sache zu tun? Bloch fiel ein, daß er mit der Kassiererin über seinen Freund, den Fußballer Stumm geredet hatte.

Als das Mädchen den Tisch abräumte, faltete Bloch die Zeitung nicht zusammen. Er hörte, der Zigeuner sei freigelassen worden, der Tod des sprechbehinderten Schülers sei ein Unfall gewesen. Von dem Kind gab es in der Zeitung nur ein Klassenfoto, weil es nie allein fotografiert worden war.

Der Mutter des Wirts fiel ein Polster, mit dem sie sich den Rücken stützte, vom Sessel auf den Boden, Bloch hob es auf und ging mit der Zeitung hinaus. Er sah das Wirtshausexemplar auf dem Kartentisch liegen; die Reisegesellschaft war inzwischen abgefahren. Die Zeitung – es handelte sich um die Wochenendausgabe – war so dick, daß sie nicht in den Halter paßte.

Als ein Auto an ihm vorbeifuhr, wunderte er sich sinnlos – es war nämlich recht hell –, daß es mit ausgeschalteten Scheinwerfern fuhr. Es gab keine besonderen Vorkommnisse. Er sah, wie in den Obstgärten die Kisten mit Äpfeln in die Säcke geschüttet wurden. Ein Fahrrad, das ihn überholte, rutschte im Schlamm hin und her. Er sah zwei Bauern in der Tür eines Geschäfts einander die Hand geben; die Hände waren so trocken, daß er sie rascheln hörte. Von den Feldwegen führten Lehmspuren von Traktoren auf die Asphaltstraße hinauf. Er sah eine alte Frau, einen Finger auf den Lippen, gebeugt vor einem Schaufenster stehen. Die Parkplätze vor den Geschäften wurden leerer; die Kunden, die noch kamen, gingen durch den Hintereingang. ›Schaum‹ ›floß‹ ›die Haustorstufen‹ ›herab‹. ›Federbetten‹ ›lagen‹ ›hinter‹ ›den Fensterscheiben‹. Die schwarzen Tafeln mit den Preisaufschriften wurden zurück in die Läden getragen. ›Die Hühner‹ ›pickten‹ ›abgefallene Weintrauben‹ ›auf‹. Die Truthähne hockten schwer auf den

Drahtkäfigen in den Obstgärten. Die Lehrmädchen traten aus der Tür und stützten die Hände auf die Hüftknochen. Im dunklen Geschäft stand der Kaufmann ganz still hinter der Waage. ›Auf dem Ladentisch‹ ›lagen‹ ›Germbrocken‹. Bloch stand an einer Hauswand. Es gab ein eigenartiges Geräusch, als neben ihm ein nur angelehntes Fenster aufgemacht wurde. Er war sofort weitergegangen.

Er stand vor einem Neubau, der noch nicht bewohnt war, in dem aber schon die Fensterscheiben eingesetzt waren. Die Räume waren so leer, daß man durch alle Fenster durch auf die Landschaft dahinter schauen konnte. Bloch kam es vor, als hätte er das Haus selber hergestellt. Er selber hatte die Steckdosen montiert und sogar die Fensterscheiben eingesetzt. Auch das Stemmeisen, das Jausenpapier und der Gabelbissenbecher auf dem Fensterbrett stammten von ihm.

Er schaute ein zweites Mal hin: nein, die Lichtschalter blieben Lichtschalter, und die Gartenstühle in der Landschaft hinter dem Haus blieben Gartenstühle.

Er ging weiter, weil –

Mußte er das Weitergehen begründen, damit –?

Was bezweckte er, wenn –? Mußte er das ›wenn‹ begründen, indem er –? Ging das so weiter, bis –? War er schon so weit, daß –?

Warum mußte daraus, daß er hier ging, etwas gefolgert werden? Mußte er begründen, warum er hier stehenblieb? Warum mußte er, wenn er an einem Schwimmbad vorbeiging, etwas bezwecken?

Diese ›so daß‹, ›weil‹ und ›damit‹ waren wie Vorschriften; er beschloß, sie zu vermeiden, um sie nicht –

Es war, als ob neben ihm ein angelehnter Fensterladen leise aufgemacht würde. Alles Denkbare, alles Sichtbare war besetzt. Nicht ein Schrei erschreckte ihn, sondern ein auf den Kopf gestellter Satz am Ende einer Reihe von gewöhnlichen Sätzen. Alles kam ihm umgetauft vor.

Die Geschäfte waren schon geschlossen. Die Stellagen, vor denen niemand mehr hin und her ging, sahen überfüllt aus. Es gab keinen Platz, auf dem nicht wenigstens ein Stapel von Konservendosen stand. Aus der Ladenkasse hing noch ein halb abgerissener Kassenzettel. Die Läden waren so angeräumt, daß ...

»Die Läden waren so angeräumt, daß man auf nichts mehr zeigen konnte, weil ...« »Die Läden waren so angeräumt, daß man auf nichts mehr zeigen konnte, weil die einzelnen Sachen einander verdeckten.« Auf den Parkplätzen standen inzwischen nur noch die Fahrräder der Lehrmädchen.

Nach dem Mittagessen ging Bloch auf den Sportplatz. Schon von weitem hörte er das Geschrei der Zuschauer. Als er ankam, spielten noch im Vorspiel die Reservemannschaften. Er setzte sich auf die Bank an der Längsseite des Spielfelds und las die Zeitung durch bis zur Wochenendbeilage. Er hörte ein Geräusch, wie wenn ein Stück Fleisch auf den Steinboden fiel; er schaute auf und sah, daß der nasse schwere Ball einem Spieler vom Kopf geprallt war.

Er stand auf und ging weg. Als er zurückkam, hatte das Hauptspiel schon angefangen. Die Bänke waren besetzt, und er ging das Spielfeld entlang hinter das Tor. Er wollte nicht zu dicht dahinter stehenbleiben und stieg die Böschung zur Straße hinauf. Er ging die Straße entlang bis zur Eckfahne. Es kam ihm vor, als reiße ein Knopf von seinem Rock und springe auf die Straße. Er hob den Knopf auf und steckte ihn ein.

Er unterhielt sich mit jemandem, der neben ihm stand. Er erkundigte sich, welche Mannschaften da spielten, und fragte nach dem Tabellenplatz. Bei diesem Gegenwind sollten sie nicht so hohe Bälle spielen, sagte er.

Er bemerkte, daß der Mann neben ihm Schnallen an den Schuhen hatte. »Ich kenne mich auch nicht aus«, antwortete der Mann. »Ich bin Vertreter und halte mich nur für ein paar Tage in der Gegend auf.«

»Die Spieler schreien viel zuviel«, sagte Bloch. »Ein gutes Spiel geht ganz still vor sich.«

»Es gibt ja keinen Trainer, der ihnen vom Feldrand aus zuruft, was sie zu tun haben«, antwortete der Vertreter. Bloch kam es vor, als redeten sie miteinander für einen dritten.

»Auf dieser kleinen Spielfläche muß man sich beim Abspielen ganz schnell entscheiden«, sagte er.

Er hörte ein Klatschen, als ob der Ball an den Torpfosten prallte. Bloch erzählte, er habe einmal gegen eine Mannschaft gespielt, in der alle Spieler bloßfüßig gewesen seien; jedesmal, wenn sie den Ball getroffen hätten, sei ihm das Klatschen durch und durch gegangen.

»Im Stadion habe ich einmal gesehen, wie ein Spieler sich das Bein gebrochen hat«, sagte der Vertreter. »Man hat das Krachen bis zu den letzten Stehplätzen hinauf gehört.«

Neben sich sah Bloch andere Zuschauer miteinander reden. Er beobachtete nicht den, der gerade sprach, sondern jeweils den, der zuhörte. Er fragte den Vertreter, ob er schon einmal versucht habe, bei einem Angriff von Anfang an nicht die Stürmer zu beobachten, sondern den Tormann, auf dessen Tor die Stürmer mit dem Ball zuliefen.

»Es ist sehr schwierig, von den Stürmern und dem Ball wegzuschauen und dem Tormann zuzuschauen«, sagte Bloch. »Man muß sich vom Ball losreißen, es ist etwas ganz und gar Unnatürliches.« Man sehe statt des Balls den Tormann, wie er, die Hände auf den Schenkeln, vorlaufe, zurücklaufe, sich nach links und rechts vorbeuge und die Verteidiger anschreie. »Üblicherweise bemerkt man ihn ja erst, wenn der Ball schon aufs Tor geschossen wird.«

Sie gingen miteinander die Seitenlinie entlang. Bloch hörte ein Keuchen, als ob der Linienrichter an ihnen vorbeiliefe. »Es ist ein komischer Anblick, den Tormann so ohne Ball, aber in Erwartung des Balles, hin und her rennen zu sehen«, sagte er.

Er könne nicht lange hinschauen, antwortete der Vertreter, unwillkürlich schaue er doch gleich auf die Stürmer zurück. Wenn man auf den Tormann schaue, komme es einem vor, als ob man schielen müsse. Es sei, wie wenn man jemanden auf eine Tür zugehen sehe und dabei statt auf den Mann auf die Türklinke schaue. Der Kopf tue einem weh, und man könne nicht mehr richtig atmen.

»Man gewöhnt sich daran«, sagte Bloch, »aber es ist lächerlich.«

Ein Elfmeter wurde gegeben. Alle Zuschauer liefen hinter das Tor.

»Der Tormann überlegt, in welche Ecke der andere schießen wird«, sagte Bloch. »Wenn er den Schützen kennt, weiß er, welche Ecke er sich in der Regel aussucht. Möglicherweise rechnet aber auch der Elfmeterschütze damit, daß der Tormann sich das überlegt. Also überlegt sich der Tormann weiter, daß der Ball heute einmal in die andere Ecke kommt. Wie aber, wenn der Schütze noch immer mit dem Tormann mitdenkt und nun doch in die übliche Ecke schießen will? Und so weiter, und so weiter.«

Bloch sah, wie nach und nach alle Spieler aus dem Strafraum gingen. Der Elfmeterschütze legte sich den Ball zurecht. Dann ging auch er rückwärts aus dem Strafraum heraus.

»Wenn der Schütze anläuft, deutet unwillkürlich der Tormann, kurz bevor der Ball abgeschossen wird, schon mit dem Körper die Richtung an, in die er sich werfen wird, und der Schütze kann ruhig in die andere Richtung schießen«, sagte Bloch. »Ebensogut könnte der Tormann versuchen, mit einem Strohhalm eine Tür aufzusperren.«

Der Schütze lief plötzlich an. Der Tormann, der einen grellgelben Pullover anhatte, blieb völlig unbeweglich stehen, und der Elfmeterschütze schoß ihm den Ball in die Hände.

Peter Handke
im Suhrkamp Verlag

Abschied des Träumers vom Neunten Land. Eine Wirklichkeit, die vergangen ist: Erinnerung an Slowenien. 51 Seiten. Kartoniert

Eine winterliche Reise zu den Flüssen Donau, Save, Morawa und Drina oder Gerechtigkeit für Serbien. 135 Seiten. Broschur

Sommerlicher Nachtrag zu einer winterlichen Reise.
96 Seiten. Gebunden

Unter Tränen fragend. Nachträgliche Aufzeichnungen von zwei Jugoslawien-Durchquerungen im Krieg, März und April 1999.
160 Seiten. Leinen

Abschied des Träumers vom Neunten Land. Eine winterliche Reise zu den Flüssen Donau, Save, Morawa und Drina oder Gerechtigkeit für Serbien. Sommerlicher Nachtrag zu einer winterlichen Reise.
st 2905. 250 Seiten

Die Abwesenheit. Ein Märchen. 225 Seiten. Leinen. st 1713. 227 Seiten

Als das Wünschen noch geholfen hat. Fotos von Peter Handke.
st 208. 121 Seiten

Die Angst des Tormanns beim Elfmeter. Erzählung.
BS 612. 127 Seiten. st 27. 112 Seiten.

Begrüßung des Aufsichtsrats. st 654. 137 Seiten

Der Bildverlust oder Durch die Sierra de Gredos. Roman.
Gebunden und st 3519. 760 Seiten

Der Chinese des Schmerzes. Leinen und st 1339. 255 Seiten

Don Juan (erzählt von ihm selbst). 160 Seiten. Gebunden

Das Ende des Flanierens. st 679. 170 Seiten

Die Fahrt im Einbaum oder Das Stück zum Film vom Krieg.
140 Seiten. Kartoniert

Falsche Bewegung. st 258. 81 Seiten

Gedicht an die Dauer. BS 930. 55 Seiten

Die Geschichte des Bleistifts. st 1149. 375 Seiten

Das Gewicht der Welt. Ein Journal (November 1975–März 1977). st 500. 285 Seiten

Der Hausierer. Roman. st 1959. 201 Seiten

Die Hornissen. Roman. st 416. 247 Seiten

Ich bin ein Bewohner des Elfenbeinturms. st 56. 233 Seiten

In einer dunklen Nacht ging ich aus meinem stillen Haus.
Roman. Leinen und st 2946. 316 Seiten

Die Innenwelt der Außenwelt der Innenwelt.
es 307. 150 Seiten. es 2422. Sonderausgabe. 152 Seiten

Kaspar. es 322. 102 Seiten

Die Kunst des Fragens. st 2359. 160 Seiten

Der kurze Brief zum langen Abschied.
Englische Broschur. 195 Seiten. st 3286. 208 Seiten

Langsam im Schatten. Gesammelte Verzettelungen 1980-1992.
Leinen und st 2475. 208 Seiten

Langsame Heimkehr. Erzählung. 200 Seiten. Leinen. st 1069. 210 Seiten

Die Lehre der Sainte-Victoire.
139 Seiten. Englische Broschur. st 1070 und st 2616. 112 Seiten

Kindergeschichte. 137 Seiten. Englische Broschur. st 3435. 110 Seiten

Über die Dörfer. Dramatisches Gedicht.
106 Seiten. Englische Broschur. st 3260. 123 Seiten

Die linkshändige Frau. Erzählung.
131 Seiten. Englische Broschur. st 3434. 98 Seiten

Lucie im Wald mit den Dingsda. Eine Geschichte. Mit farbigen Skizzen des Autors. Sonderausgabe mit 2 CDs. 96 Seiten. Halbleinen.
st 3256. 68 Seiten

Mein Jahr in der Niemandsbucht. Ein Märchen aus den neuen Zeiten.
1066 Seiten. Leinen. st 3084. 631 Seiten

Mündliches und Schriftliches. Zu Büchern, Bildern und Filmen.
166 Seiten. Leinen

Nachmittag eines Schriftstellers. Erzählung. st 1668. 91 Seiten

Phantasien der Wiederholung. BS 1230. 99 Seiten

Prosa Gedichte Theaterstücke Hörspiele Aufsätze.
351 Seiten. Kartoniert

Publikumsbeschimpfung und andere Sprechstücke. Im Dialog.
Neues deutsches Theater. es 177. 96 Seiten

Der Ritt über den Bodensee. es 509. 102 Seiten

Rund um das Große Tribunal. sonderdruck edition suhrkamp. 69 Seiten

Das Spiel vom Fragen oder Die Reise zum sonoren Land.
160 Seiten. Englische Broschur

Die Stunde da wir nichts voneinander wußten. Ein Schauspiel.
Englische Broschur. BS 1173. 64 Seiten

Die Stunde der wahren Empfindung.
Leinen, BS 773 und st 452. 167 Seiten

Die Theaterstücke. 576 Seiten. Leinen

Untertagblues. Ein Stationendrama. 80 Seiten. Broschur

Die Unvernünftigen sterben aus. st 168. 100 Seiten

Versuch über die Müdigkeit. Leinen und st 2146. 80 Seiten

Versuch über die Jukebox. Erzählung. 139 Seiten. Leinen

Versuch über den geglückten Tag. Ein Wintertagtraum.
Leinen und st 2282. 91 Seiten

Drei Versuche. Versuch über die Müdigkeit. Versuch über die Jukebox. Versuch über den geglückten Tag. BS 1300 und st 3288. 304 Seiten

Drei Versuche. Versuch über die Müdigkeit.Versuch über die Jukebox. Versuch über den geglückten Tag. Faksimile der drei Handschriften. Einmalige, numerierte und vom Autor signierte Auflage in 1000 Exemplaren.100 Seiten. Leinen in Kassette

Die Wiederholung. Leinen und BS 1001. 334 Seiten. st 3010. 336 Seiten

Wunschloses Unglück. Erzählung. BS 834. 102 Seiten. st 3287. 96 Seiten

Wunschloses Unglück. Text und Kommentar. Kommentar: Hans Höller. SBB 38. 131 Seiten

Zurüstungen für die Unsterblichkeit. Ein Königsdrama.
134 Seiten. Klappenbroschur

Aber ich lebe nur von den Zwischenräumen. Ein Gespräch, geführt von Herbert Gamper. st 1717. 272 Seiten

Über Peter Handke

Noch einmal für Jugoslawien: Peter Handke. Herausgegeben von Thomas Deichmann. st 2906. 304 Seiten